尋找故事開始的地方

故事點石成金 30 法
人人都能創造自己的成名作

蔡淇華 ㊕

推薦序

乩身求雨

林佳樺（六座時報文學獎、林榮三文學獎得主）

曾和淇華老師說：最近寫不出來，舉筆千斤重。

靈感枯竭時，下筆如旱地播種。天何時降點甘霖？枯木何時能生花？我最近經常這樣地問天。拿起網子一次次地試圖撈捕、甚至以手抓取，靈感卻水滴似地從網縫、指尖溜走，微微地潤澤後，是長時地枯竭。

靈感名之為「靈」，神幻一般渺遠無形，周遭有些創作者早晚膜拜、虔誠供奉文昌繆思，然而靈感高坐神壇，讓人念之慕之地仰望。

故事從哪裡發想？如何佈局才引人入勝？

故事是生命的隱喻，靜態是發而為文讓人閱讀，動態則改編成登台展演的戲劇。以《虎豹小霸王》《大陰謀》榮獲奧斯卡兩屆劇本獎的威廉．戈德曼（William Goldman）指出劇本最重要的三元素是：「第一結構，第二結構，第三還是結構。」

結構是故事的屋脊，第一根打下去的地基決定了屋子的堅固，每根釘、柱、樑如何疊架，都要精算。

淇華老師此書《尋找故事開始的地方》展演了好的說書人便是優秀的故事建築師。書中三十篇點出故事核心在於「人性衝突」，不藏私地傳授小說名家的心法口訣、招式。如「GATE法則」——目標、意外、轉彎、結果，四結構如何以無形的卡榫緊緊扣連，那便是此書會傳授予你的內功心法了。

又如「怪咖英雄法」是塑造不完美人物，才能讓角色完美。「二層故事法」是好的內容要涵蓋表裡層意涵，《西線無戰事》實則反諷西線有戰事。「隱藏故事法」，高明的小說是不說，有文學質地的小說只留下故事的線頭，讀者依循著毛線慢慢看見毛衣的不同部位時，美感漸生。書中以張愛玲〈色．戒〉為例，一群進步青年為刺殺漢奸特務頭子易先生，派出美女王佳芝實施「美人計」，王佳芝在老易為她買鑽戒的過程中改變初衷，表面上是為一只「鑽戒」動搖心志，實則對愛迷惘，犯了「色之大戒」。

小說家以精細手工構建一屋一瓦，不論架構出的是摩天高樓或家居透天厝、房子設有天台或地下停車場、洞穴密室，每層通往他層的階梯必須要堅固地搭架。梯道是連結的，堅實的，不能搖墜鬆垮，是緊密的邏輯。

淇華老師此書帶領創作者一階一階地走踏故事迷宮，參觀建物有幾棟幾層，建構的概念及訴求為何，使用何種建材及零件，內部格局如何安排，有無甬道或空中花園。淇華老師極強調樓與樓之間的挑高度，思量日光的容受度及照進的角度，容納最恰當的美學間隙。

此書讀完，能發現靈感不必然要仰望，它甚至不是遙藏於外，而是內含於心、於腦、於五感。渺遠的「天能」化為「人能」，竟有股衝動想寫，想與讀者來趟迷宮走訪。

誠心認為此書須買兩本，一本用來讀，一本用來拜。全書讀畢，從足底湧泉穴汨汨生發動筆的渴望，靈感乍現如起乩，持的筆是香，裊裊煙灰中你播下了文字的種籽，在煙的弧面中你曾經祈禱：下筆如有神。

你，求到了雨。

推薦序

在故事開始之前

尹金（二〇二三年林榮三文學獎得主）

〈神之子〉得了獎，但支撐我寫完故事，是淇華老師和他的三本《寫作吧！》。

在故事開始之前，我和爸長期處於和平對峙，就像兒時我會在三樓的神明廳外，將門偷偷打開一點縫，在檀香燭火發散的煙霧中，見他低頭閉眼、挺直背脊站在神明廳中央。做什麼、求什麼不知道，我不推開門，他也不曾邀請。

這樣的我們，爸竟成為我最想寫好的人。

縱使畢業於中文系，依然被指出文字淺白、主題不明、劇情沒有進展等問題。老師說，「散文要藏」、「想愛不能愛最動人」，建議收斂情感，將「說」交給「不說」。老師談起時下最熱門的愛情實境秀，「你看，兩人在搞曖昧，鏡頭會去帶細部動作，觀眾光看女生或男生的手，就知道他／她對這個對象，感不感興趣。」

老師也深談了一些書中的概念，告訴我衝突遺憾的背後，定有個情感出口。我依然不懂，彼時的難還有直面爸這個人。

中間故事卡關一個多月，有天我回家，想瞄一眼爸跑廟攜帶的包包裝了哪些器具。家裡四處找不到東西，後來偶然想起爸習慣把重要物品放衣櫃裡。打開衣櫃，不僅找到包包，更發現裡頭放了許多泛黃的家庭相簿。記憶似乎推開了門，看清他在門後的完整面貌。例如，清晨惱人的筊杯聲永遠繞著家人在問；神明廳裡數個祭改用的小碟子，裝的是家人的衣服，「鏡頭書寫」漸漸有了著落。最後，想愛不能愛的，我全交給畫面。

我很幸運在寫作衝動最豐沛之際遇上老師，得以讓飄飄然的情感落於紙上，逐一化為文字。若將寫作比擬為建築，《寫作吧！》談格局、工法和建材；《尋找故事開始的地方》則反璞歸真，集中在「如何說一個好故事」。

本書內容宏觀又細緻，有心法又兼具系統邏輯。書中整理出三十種的敘事模式（涵蓋目前最夯的ＡＩ創作），並根據不同章節引述作品，分析核心概念、技法來堅實理論基底。

作品討論橫跨中外名作電影、線上線下發燒議題，以簡淺易懂的語言透析厚重艱澀的文學論點，敘事步調穩健。譬如，「悲劇英雄法」一節，先介紹亞里斯多德《詩學》闡明「悲劇」的定義，再借《山道猴子的一生》和《推銷員之死》對比出悲劇英雄必要人物特性，使讀者明白，悲劇精采在於壯闊和不可抗。

新手寫作，跌跌撞撞實為常事。對我而言，《尋找故事開始的地方》完全可視為一本創作辭典，遇見瓶頸時，若能以書中關鍵字按圖索引，那麼筆下人物將能衝破時間的桎梏，變成一個動人的故事。

自序　尋找故事開始的地方

> 創意只是審慎的模仿。
>
> ——伏爾泰

我們都聽過畢卡索的名言：「好的藝術家抄襲，偉大的藝術家偷竊。」卻不知畢卡索自己也是從法國啟蒙運動作家伏爾泰那裡「模仿」了這句話。

故事為王，好的故事需要創意，但大多數的創作者卻不知道「模仿」是「創意」開始的地方。但是，要模仿什麼呢？答案是「故事的原型」(prototype)。

例如史蒂芬·史匹柏模仿艾西莫夫的《我，機器人》(*I, Robot*) 的原型，加上《木偶奇遇記》的元素，變成新的科幻經典《A.I. 人工智慧》；例如一直在串流平台霸榜，「相愛相殺」、「階級翻轉」的霸總原型，是兩百年前英國小說家珍·奧斯汀（Jane Austen）的代表作《傲慢與偏見》(*Pride and Prejudice*)。

筆者就讀英國文學系，大三時瘋狂迷上電影，一年觀影不下百部，努力研究故事原型的脈絡，寫下的心得，幸運拿到民生報大專影評比賽首獎。受到激勵，大量創作故事，參加小說比賽，但只能獲得佳作。爾後請益文壇前輩，告知小說要有詩質，要懂得使用象徵，這些都是當年缺乏的素養。

這幾年學詩，開始在新詩、散文及小說創作得獎，甚至指導學生寫劇本、拍片，亦幸運得到不少獎項。漸漸體悟，從文案、行銷、劇本，到創作新詩、散文、小說，都需要說故事的能力。然而文類體例不同，應用方法亦有差異，卻很少有兼容並蓄的故事方法論書籍。因此這幾年亟思將這些寶貴的創作與教學經驗，整理成書。

先前已出版《寫作吧！》系列，三本寫作工具書，然而《尋找故事開始的地方》才是自己念茲在茲，最想分享給大家的故事研究精華。這一本書可補充前三本寫作書與故事邏輯的聯結，亦可獨立閱讀。新書附上許多作品實例，也對亞里斯多德以降，至今日穿越劇，累積二千多年的理論，做了系統性的整理。

故事須由「行動」開展，行動需要「動機」，而好的故事必須由「外在動機」進入「內在動機」。動機源於人性，人性是故事引發通感的密碼，但如何轉譯這套密碼，需要的是結構美學。期待這本新書展現的結構，可以成為三十個說故事的入口，幫助所有在編劇、新詩、散文、小說創作、廣告撰寫、及自媒體經營的朋友們，在書寫時，找到最安適的，故事開始的地方。

目次

推薦序　乩身求雨／林佳樺　3
推薦序　在故事開始之前／尹金　6
自　序　尋找故事開始的地方　8

結構之力

GATE故事法　15
從三幕劇到英雄之旅　20

觸類旁通，一招半式也能打天下——技法

爆文故事法　31
一句故事法　39
意象故事法　52
異質同構法　59
錯誤引導法　69
重大細節法　74
微物視角法　79
隱藏故事法　86
AI故事法（一）　94
AI故事法（二）　104

定位創作的起點，讓靈感準備起飛——類型

魔幻寫實法（一） 115
魔幻寫實法（二） 122
科幻與科學 127
史料取材法 138
新聞取材法 145
經典改寫法 151
詩裡的故事 157
散文與故事 169
報導文學法 176

掌握不變的核心，就能超級變變變——人物

霸總翻轉法 187
怪咖英雄法 192
悲劇英雄法 197
神人故事法 203

現實世界與人性是故事的活水源頭

二層故事法 213
效益主義故事法 218
善惡衝突法 223
結構暴力法 229
最終章：邏輯穿越法 235

結構之力

GATE故事法

目標Goal→意外Accident→轉彎Turning→結果Ending

例《麥當勞接納篇》、《你是小傑？我是誰？》、《愛說謊的爸爸》

一對父子在麥當勞餐廳同桌用餐，兒子在咖啡杯上寫下「我喜歡男生」，向父親坦承性向。父親搥了一下桌子，馬上轉身離去，留下啜泣的兒子。不久父親回座，拿起筆，在兒子咖啡杯的「我喜歡男生」中，再加上三個字，變成「我『接受你』喜歡男生」，並對著兒子點頭一笑。

劇情翻轉，感動也翻轉

這是台灣麥當勞〈讓對話更有溫度「接納篇」〉的廣告，雖然劇情引起許多反同人士的撻伐，卻感動許多不被諒解的心。

一位不敢向父母出櫃的男學生說，這個廣告他反覆看了十幾次，每次看，每次痛哭。不得不承認，這是一個很會講故事的廣告，而這個手法稱為「GATE故事法」，使用四個步驟：目標 Goal → 意外 Accident → 轉彎 Turning → 結果 Ending。

這個故事的本來目標，是父子共度親子時光，卻出現意外——兒子利用咖啡杯勇敢出櫃。依照父親的第一反應，觀眾一定會預想，父親大發雷霆，衝突一觸即發。然而，當父親寫下「接受你」三個字時，情勢翻轉，父子與多數觀眾，都得到 Ending 滿滿的感動。

日常的翻轉最動人

「GATE 故事法」最重要的，就是設計出有意義的翻轉。台灣「失智老人基金會」公益廣告〈你是小傑？我是誰？〉就從日常中，設計出有意義的翻轉。

廣告一開始，是一位中年大叔掀開棉被，發現床上被惡搞放了一堆拖鞋。大叔抱著拖鞋走進客廳，告誡餐桌上的男孩：「床上不要亂放東西了喔！」男孩只是目光呆滯，對著手上的鏡子，生氣的對鏡子說：「你幹嘛一直看我？」下一幕是大叔從妻子手上拿過碗和湯匙，開始餵食男孩。男孩卻質問大叔：「你是誰？」

「我是小傑啊！」大叔和顏悅色回答。

「小傑是誰？」男孩仍是滿目怒氣。

在最後一幕，大叔抱起客廳沙發上睡著的男孩，走到房間，將男孩輕輕放在床上，溫柔的說：「爸，晚安。」此時鏡頭轉向床上，男孩變成一位老人。觀眾終於恍然大悟，原來男孩是老人「心智年齡的形象」。

這部廣告的故事突轉，也翻轉了我們的視角，使我們驚覺，我們平時可以忍受孩子的惡作劇，卻對老人家缺乏耐心，甚至認為他們的失智行為，是無理取鬧。

GATE故事法的經典，用愛說謊，做最最深沉的翻轉

泰國大都會人壽廣告〈女兒的作文——愛說謊的爸爸〉，在網路上發燒狂傳。這個廣告是GATE故事法的經典，茲將四段劇情表列如下：

目標 Goal	小女孩開始寫作文，第一段她寫出：「我有一個世界上最窩心、最聰明、最善良的爸爸。他是我的超人，他要我在學校好好表現。」（鏡頭帶到的，是穿西裝打領帶，帶著女兒到處吃喝玩樂的「白領形象」父親。）
意外 Accident	女兒繼續寫：「只是他說謊。他說他有工作（鏡頭帶到父親找工作到處碰壁）。他說謊，他說他有錢（鏡頭帶到父親到處發海報、洗窗戶、打零工）。他說謊，他說他不累（鏡頭帶到父親吃力扛著工地的沙袋，累得倒在廁所旁）。他說謊，他說他不餓（鏡頭帶到父親總是少吃，將食物留給女兒）。他說謊，他說他很快樂（鏡頭帶到父親脫下濕透的工地衣服，匆忙穿上西裝打上領帶，梳整頭髮，要趕去接女兒）。他說謊，都是為了我。

轉彎 Turning	父親西裝筆挺到學校，讀著女兒給他的作文，痛哭失聲，因為他發覺自己好不容易偽裝的形象，被女兒揭穿了。
結果 Ending	哭泣的女兒轉過身，用力擁抱爸爸……

故事行銷的核心：用情感取得聯繫？

故事行銷（story marketing）是一種藉由故事的移情作用，讓受眾與產品產生情感聯結的行銷模式。

故事有脈絡、有衝突、有衝突中掙扎的人物，因此受眾容易入戲與記憶。而「GATE故事法」中的脈絡，幾乎命中所有人生的遭遇。

人們總是朝著一個目標邁進，例如努力用功想要考上好學校，卻可能意外落榜，或是考上後，才發覺甜味中夾雜的，是更多意外的苦味。

又像是讓人魂牽夢縈的愛情，求之不得，掛念終生；得到了，卻忘了珍惜。人生意外的傷害，總比預期的幸福要多。就像是英國才子王爾德的名言：這世上有兩個悲劇，一個是想得到得不到；一個是想得到，得到了。

幸福不是故事，不幸才是。世上不如意者十之八九，因此人間充滿了故事，我們也都對好的故事行銷不設防。就像是吸引逾一千五百萬點閱，以「小時光麵館」系列廣告，得過人稱廣告奧斯卡獎——坎城國際創意節大獎——的統一肉燥麵。兩季，十個小故事，都有意外的人生，也都有亞里斯多德《詩學》中強調的突轉，在突轉中留下遺憾，以及忘不了的味覺。

建議讀者上網看完這二十個廣告故事，練習用「GATE故事法」去分析故事脈絡中的四個步驟。分析後會理解，從日常生活中出發的目標，在遇到意外後，翻轉心情與人生和解，是故事與大眾取得情感聯結的大門，Gate。

從三幕劇到英雄之旅

例《東方快車謀殺案》、《奇異博士》、《本日公休》、《Signal 信號》

套用結構是入門捷徑，但活用人性衝突會讓故事更強大

好萊塢電影在一九三〇—一九六〇年走入蓬勃發展的黃金時期，片廠擁有大量的市場經驗後，三幕劇（three-act structure）成了最受歡迎的敘事結構。其實這個結構最早可回溯到亞里斯多德的《詩學》，書中提到戲劇的「開始、中間、結束」三部分，這個概念經過兩千多年演變，終於變成今日所知的三幕劇。

三幕劇示範，以《東方快車謀殺案》為例

編劇大師悉德．菲爾德（Syd Field）在他的《實用編劇技巧》（*Screenplay*）中，明確指出三幕劇基本架構：「鋪陳」（setup）、「衝突」（confrontation）、「解決」（resolution）。

第一個階段是「鋪陳」，或開場敘述，類似寫文章的「起承轉合」中的「起」，約占全片的四分之一。通常用於建立主要人物、他們的關係，以及他們生活的世界。在第一幕中，

發生一個動態事件，主角試圖處理這一事件，導致了第二個更戲劇性的情況，稱為第一個情節點。它標誌著第一幕的結束，也確保對於主角來說，生活將永遠不再一樣，並且提出了一個戲劇性的問題，該問題將在電影的高潮中得到回答。

例如《東方快車謀殺案》，名偵探白羅搭乘東方快車準備前往倫敦，遇見車上形色特異的人物。在東方快車抵達溫科夫齊的當晚，白羅被一聲巨響所喚醒。他於第二天早上醒來後，發現死了一名富翁，他是在睡夢中被刺死的，白羅開始接手這件謀殺案。

第二幕「衝突」，也稱為上升行動，是全劇的主體，類似「起承轉合」中的「承」與「轉」，約占全劇一半的篇幅。通常描述主角試圖解決第一個轉折點引發的問題，卻發現自己陷入不斷惡化的境地。主角似乎無法解決問題的原因，是他們還不具備應對的技能。他們不僅必須學習新技能，而且還必須對自己有更深的認識，以便處理困境。他們通常需要導師和共同主角的幫助。

《東方快車謀殺案》的「衝突」，在白羅於火車的客房中發現了許多線索，然而，每一個線索似乎指向不同的嫌疑人，令人摸不著頭緒，也讓全劇情節與觀眾情緒不斷堆疊上升。

第三幕「解決」，是最後一個階段，類似「起承轉合」中的「合」，約占四分之一的篇幅。故事的緊張局勢達到最高潮，戲劇性問題得到解答，主角和其他人物對自己和這世界，有了新的認知。例如在《東方快車謀殺案》的最後階段，白羅發現十二個嫌疑人都是凶手，因為十二人都與死者有關聯。此時白羅陷入天人交戰，因為凶手的動機是為了伸張正義，白羅同情他們，決定放他們一馬。劇末，白羅對於深信不疑的「伸張正義」，有了不一樣的認知。

更多「轉折點」的英雄之旅

隨著電影時間越來越長，觀眾的胃口越養越大，簡單的三幕劇往往不能滿足求新求變的觀影者。三幕劇變得更複雜，加入更多的「難關」，更多的「轉折點」。例如美國神話學家約瑟夫·坎伯（Joseph John Campbell）在一九四九年的作品《千面英雄》中，提出十七個階段的「英雄之旅」（hero's journey），一樣分布在三幕之內：啟程（或隔離）、啟蒙（或下凡、神化）、歸返。

好萊塢最負盛名的故事顧問克里斯多夫·佛格勒（Christopher Vogler）於二〇〇七年提出了十二階段的英雄旅程，更容易套用在現今的電影故事中。茲以超級英雄電影《奇異博士》（*Doctor Strange*）與「十二階段的英雄旅程」做出對比：

1 **平凡世界**——故事以平凡世界開始，可做為比較基準，凸顯非常世界的特別之處。	一名世界頂尖神經外科醫生史傳奇原本過著尊榮的生活，直到發生一場嚴重車禍，導致雙手神經嚴重受損，從此徹底失去工作能力。

2 **冒險的召喚**——要求英雄上路的各種形式，代表抉擇過程。許多故事中，冒險的召喚可能不只一個。	史傳奇見到一名傷殘人士，本應全身癱瘓，卻奇蹟般地自如行走，他提示史傳奇前往尼泊爾尋找答案。
3 **拒絕召喚**——凸顯旅程的危險和代價。英雄拒絕召喚最常見的方式就是「找藉口」，然後都會被迫上路。	史傳奇用僅存的現金搭飛機來到加德滿都，但找尋目的地時，卻被搶劫一空。
4 **遇上師父**——提供英雄上路所需的任何東西。師父也可以是反派角色，誤導英雄走上絕路或背叛英雄。	被一名魔法師莫度相救，莫度帶領史傳奇拜見師父古一。
5 **跨越第一道門檻**——第一幕的結尾，英雄來到兩個世界的邊界，開始上路，故事真正開始。	古一拒絕教授魔法，無處可去的史傳奇不想放棄恢復雙手的唯一機會，坐在門口苦等一夜。
6 **試煉、盟友、敵人**——進入非常世界，英雄開始迎接試煉、結交盟友或樹立敵人，三者順序不拘。敵人也經常以競爭對手取代。	史傳奇在古一和莫度的監護下，開始嚴格魔法訓練。古一將他困在珠穆朗瑪峰上，最後讓他突破自己，創造出魔法傳送門穿越回來。

7 **進逼洞穴最深處**——抵達另一個非常世界、第二道門檻、更困難的試煉。	史傳奇打算探討禁忌，找出古文書中隱藏的祕密，被警告扭曲時間將違反自然法則，甚至毀滅世界。
8 **苦難折磨**——故事核心，最真實的恐懼。與敵人對抗，英雄一定會在這裡有各種形式的死亡象徵，或受到死亡影響，才能重生。	卡西流斯透過奪來的書頁，召喚出黑暗維度的主宰「多瑪暮」，開始摧毀倫敦至聖所，攻擊紐約。史傳奇勉強對抗，一路落敗。
9 **獎賞（掌握寶劍）**——死裡逃生的英雄獲得報酬，換得在非常世界中追尋的某種東西。	擺在展示櫃中的紅色斗篷，選中史傳奇為主人，成為最有用的寶物。
10 **歸返之路**——第三幕的開頭，是故事的轉折點，英雄繼續上路或回到平凡世界，也是另一道門檻。在許多案例中，這裡會是追逐場面、報復性行動或更強大的阻礙。	古一欣然接受死亡，交代完遺願後傷重去世。大受感悟的史傳奇決定不讓古一白白犧牲，於是前往香港至聖所對抗卡西流斯。

11 **復甦**——故事高潮，最後一次面對死亡或威脅，英雄與敵人的最後對決、犧牲、轉變，或做出最困難的抉擇。	史傳奇飛進黑暗維度，創造一個無限時間循環，利用自己一次次的壯烈犧牲與復活，把他跟多瑪暮困在無法掙脫的循環裡。
12 **帶著萬靈丹歸返**——故事結局，英雄從非常世界回到平凡世界，而且帶著戰利品。封閉式結局會讓故事回到起點，開放式結局則讓情節繼續。	多瑪暮終於屈服，答應撤出地球，並帶走其追隨者。而卡西流斯直接被吸進黑暗維度。史傳奇拯救世界，也找到成為超級英雄的天命。

「衝突」與「解決」是關鍵，英雄之旅不是固定套路

九十分鐘電影與三十集的戲劇，一定有不一樣的結構，但基於「衝突」與「解決」的主架構是不變的。

例如片長一百零五分鐘的《本日公休》，「衝突」發生在阿蕊接到一通電話後，於店門口掛上「本日公休」，駕著老爺車至彰化幫老顧客理髮。過程中遇到了險象環生的車禍事件，孩子聯絡不到阿蕊，焦急萬分。而最後的「解決」，是千里迢迢終於到達老顧客的家，卻發現顧客已進入彌留階段，阿蕊仍以「款待」的初心，注重每一道工法，以細膩手

藝將客人剪得漂漂亮亮。剪好後，阿蕊腦中浮現當學徒時，老師傅教誨：「這一行要服務客人到底。」阿蕊不辱師命，活出英雄般的職人樣貌，這也是一趟動人的英雄之旅。本片簡潔俐落，對話與過場，處處後勁十足。原來導演傅天余是寫短篇小說出身，所以整個故事就像是短而精悍的短篇小說。

英雄之旅也可以超長。以史上最燒腦的韓劇《Signal信號》為例，十六集的篇幅，「衝突」與「解決」必須不斷發生。《信號》講述一位年輕探員無意間拾獲了一台對講機，並透過無線電穿越時間，跟十五年前的刑警聯繫。二人互相交換線索，偵破一樁又一樁的懸案，然而一件案件的「解決」，是一個新的鉤子（hook），會引起另一個新案件的「衝突」，而且會將主角帶入更大的險境中，因此架構出節奏緊湊，高潮迭起的懸疑神劇。

人性衝突的「環環相扣」，是英雄之旅成功的關鍵

想學習編寫故事，模仿三幕劇及英雄之旅的結構，是入門的捷徑。然而千萬別忘了，「人性衝突」永遠是故事的核心。例如一直名列世界十大名片的《刺激1995》，改編自史蒂芬．金中篇小說《麗塔海華絲與鯊堡監獄的救贖》。故事主角從被判冤獄的憤怒，到認命服刑，將生命重心轉向輔導年輕受刑人，再到年輕受刑人被謀殺後，憤怒越獄，在復仇中得到最後的救贖。整齣戲隨著主角的「人性衝突」，產生「環環相扣」的合理情節，終於造就經典名片。然而許多投注鉅資的大片，例如《變形金剛5》，因為人設缺乏邏輯，衝突

勉強，最後變成一部只有打鬥特效的爛片。

若讀者想要更熟悉英雄之旅的架構，建議可以分析電影《魔戒首部曲：魔戒現身》中的哈比人，或是金庸小說《笑傲江湖》中的令狐沖，一定可以找到許多「英雄之旅」中「冒險召喚」、「遇上師父」、「試煉」、「歸返」等關鍵元素。

觸類旁通，一招半式也能打天下

——技法

爆文故事法

故事→事實→理論→科學→故事

例〈小池大魚效應〉、《跟TED學表達，讓世界記住你》

朋友來電，詢問為何筆者臉書經營十多年了，最近每日一po，竟然還常出現一千個讚，一百個分享的流量？回答她：「其實就是以故事開始，以故事結束，中間再以事實、理論，或科學、數據來支撐的『爆文故事法』。」

練習分出五大段落

以被分享一千多次的〈小池大魚效應〉為例，請讀者先閱讀一次，試著分出「故事→事實→理論→科學→故事」各個段落。

〈小池大魚效應〉

國小畢業後，父母送我進入一所「好」的私中，這所學校每年有近半的學生可以考入一、女中。我的成績一直在中後段打轉，念得很不快樂，最後考上二中。「我想重考。」想重考並非瞧不起二中，而是因為沒考上想念的五專工業設計科。

重考那年，我在國四班的成績維持在前五。一輩子沒當過「雞首」，因此每晚讀書都沉浸在「資優生」的「亢奮」狀態。現在回想起來，覺得很天真，因為以前班上的前三十名都不見了，此刻我當然排到前段。

一年的「快樂學習」把我送進一中，一所公認的「好」學校。但我英數不管怎麼念，月考都無法及格，成了「牛後」的自卑，再度重擊我。

我索性不唸，數學更是完全放棄。最後聯考數學考了十二分，斷了商學院之路，最後只能唸私大的文學院。也因為自信被摧毀，習慣了渾渾噩噩過日子，大學念到留級。

女兒國中畢業後，基測的成績落在PR67，當時有兩所高職可以選：一所最低標準是PR65，另一所只要PR50。和她分享我的求學經驗後，女兒決定選擇後者，一嚐位居「雞首」的喜悅。

國中時女兒算數學會算到哭，但因為高職降低難度，每天快樂算數學。還曾替我惋惜：「爸，數學有邏輯之美，你很可惜，沒碰到能引導你的老師。」女兒的「亢奮」學習，很類似我讀國四班時的狀態，也因此成績一直保持在前三。

持續「亢奮」三年後，女兒考入第一志願。甚至大學畢業後，贏過許多以前成績比她好的學生，多益考了990滿分，還通過嚴格考試，成為自信滿滿的公立高中英文老師。很難想像，才幾年前，她是一名毫無自信的魯蛇學生。

所以，對我女兒而言，PR50的學校，可能比PR67的學校，更能提高她的「自我效能」。

社會認知學者班杜拉（Bandura）於一九七七提出「自我效能」（self efficacy）概念。自我效能又稱為個人效能（personal efficacy），自我效能可以用來衡量每個人達成目標能力的信念強度，還會影響一個人的選擇、抱負、熱情，以及毅力。翻成白話就是「自信心越強，達成度越高」。

班杜拉還發展出「認知基模」，認為個人與外在環境會彼此影響自我效能的形成，用這個概念來談牛津大學教育學者馬許（Herbert W. Marsh）在一九八四年提出的「大魚小池效應」（big-fish-little-pond effect）會很有意思。

馬許發現「小池的大魚」，因為信心與學習動機較強，最後成就可能會比「大池的小魚」高。例如美國後段大學排名1%的經濟學畢業生，在畢業後六年，其出版成績，竟然遠勝美國前五大學排名25%的學生。

我和女兒「自我效能」最高的時期，竟然是在社會排名「相對後段」的學校。所以下次選擇學校或競爭場域時，別只以社會的觀點為依歸。

記得，能維持你自信與動機於不墜的環境，才是你最好的選擇。

即使，那環境是世俗瞧不起的「小池塘」。

人類天性愛聽故事，故事才是爆文的核心

每個月出版社會寄來幾十本書，希望我推薦，但很可惜，真的會被我在自媒體推薦的，不到十分之一。理由很簡單，這些書都寫壞了，寫壞的原因不外乎下列兩點：

1 都是理論，沒有故事與實例，讀來乾澀不易內化。

2 理論是作者自己發明的，沒有足夠的事實、科學或數據去支撐。

我們都聽過一句名言：我不想聽大道理，我只想聽故事。落實這句話最徹底的，是TED Talks演說。美國溝通專家卡曼．蓋洛（Carmine Gallo）在《跟TED學表達，讓世界記住你》（*Talk Like TED*）一書中，針對上百場的TED演講進行科學化分析，並歸納出成功演說的九大祕訣：

祕訣1：**釋放內在大師**。用故事、投影片傳遞生動的內容。

祕訣2：**掌握說故事技巧**。請用自己的、別人的故事激勵聽眾。

祕訣3：**展開對話**。像是在跟朋友聊天那樣的輕鬆自在。

祕訣4：**提供新知**。演講內容一定要有一些聽眾從來沒聽過的資訊。

祕訣5：**設計令人驚喜的橋段**。架構好整個故事與難忘的名言佳句。

祕訣6：**放輕鬆**。鼓足勇氣主動暴露自己的缺點。
祕訣7：**嚴守十八分鐘原則**。最多分成三大重點，每個重點再細分成三個次要重點。
祕訣8：**運用多重感官體驗**。包括視覺、聽覺、觸覺、味覺、嗅覺。
祕訣9：**走自己的路**。目的是打動聽眾，如果他們覺得你不真實，你就無法感動人。

我們可以發覺，故事是所有說理的核心。以截至二〇二三年六月三十日，TED上點閱率最高，共被播放超過七千五百萬次的演講：英國肯．羅賓森爵士（Sir Ken Robinson）的〈學校扼殺了創意嗎？〉這部影片為例，70%由故事構成，而且聽眾聽完故事後，已有心理準備接受講者的論點。以下是這篇演說中的部分摘錄：

我最近聽到了一個很棒的故事，我很愛轉述它，有個小女孩在上繪畫課。她六歲，她坐在教室後方畫畫，老師說這小女孩平常非常難專注在一件事物上，但是今天她很專心。老師非常的好奇，於是老師走向小女孩問道：妳在畫什麼？小女孩說：我正在畫一幅上帝的畫像。老師又說：可是沒人知道上帝長什麼樣子啊。小女孩接著說：那他們馬上就會知道了。

我們就是這樣經營公司企業，我們現在也以同樣方式在經營國家的教育制度，而結果是我們教出一堆沒有創意的人。畢卡索曾經說過：「所有孩子都是天生的藝術家。問題是如何維持藝術家的性格到成年。」

爆文的第一句，演說的前十秒，最重要

大家都喜歡聽故事，但要讓對方對你的故事先有興趣才行。所以自媒體的第一句和演說的前十秒，一定要吸引讀者的注意力，慢慢引發興趣，產生聽下去的欲望最後產生認同，願意以行動去實踐你的呼籲，或是購買你行銷的商品。如同行銷學的ＡＩＤＡ理論，引起注意（attention）、產生興趣（interest）、誘發慾望（desire）、接受論點行動（action）。

例如筆者兩次在臉書po〈小池大魚效應〉這篇文章，會在前面加上一段吸睛的文字：

Ａ你不會因為上一所好高中而非凡一生

但卻可能因為「自我效能」低落，而萬劫不復……

Ｂ會考放榜了，該選哪個學校？當「雞首」好？還是當「牛後」好？

其實，想要答對，你必須先對「好」重新下定義。

因為兩次po文都在會考放榜當天，許多孩子考壞了，師長正試著找方法去安慰孩子，所以此時用讀者的「痛點」當引言，效果最好。

至於肯．羅賓森爵士演講的開頭，則先開了一個玩笑：

這次大會實在很精彩，對吧？

這一切都讓我太震驚。

所以我現在要離開了。（笑聲）

我今天要談的……

肯．羅賓森爵士先主動暴露自己的缺點（我沒本事表現得跟前面的講者一樣好，所以我要落跑了），讓觀眾放輕鬆後，開始闡明三大重點，再開始講故事。

最後要提醒的，是想出一句可以朗朗上口（catchy）、總結故事重點的名言佳句，讓受眾有記憶點，以及分享的衝動。例如〈小池大魚效應〉的金句是「能維持你自信與動機於不墜的環境，才是你最好的選擇」。而肯．羅賓森爵士的金句，則是他的題目：「學校扼殺了創意嗎？」

適合職人書寫的入門寫作法

近年來，各行各業的許多朋友，都有出書的夢想，但總是「臨事而懼」。因為身為素人，對於自己的文字存有疑慮。其實寫作就像筆者過去在廣告公司任職的時候，所強調的「故事為王」原則一樣。

從作者自身累積出來的故事，是世上無人可以取代的文本。事實上，只要是累積夠久的專業故事，得出的心得，一定可以找到對應科學理論的支撐。「故事→事實→理論→科學→故事」是可靈活運用的方法，有時事實、理論、科學（數據）三者，一項即足。

有寫作夢的朋友，就大膽寫吧！有故事又有理性材料支撐，一定是一篇理性與感性交融的絕佳好文！

一句故事法

「一句故事」三大元素：人物、衝突、遺憾

例 伍佰歌詞、簡訊文學、六字微小說、好萊塢 LOG LINE、品牌故事、得獎文案

伍佰演唱會大合唱的祕密：故事

伍佰在受訪時表示，他的音樂會留下空隙，讓聽眾在這些空隙「填補」自己的「故事」。

這就是為什麼在伍佰演唱會中，所有的聽眾會忘情的大合唱。其實每個人填補的，都是自己的青春，自己的故事。如果仔細研究伍佰的歌詞，會發現他在歌詞中，大量使用你、我、時間、地點、衝突、遺憾等故事元素。最典型的例子是〈挪威的森林〉：

讓我將妳心兒摘下
試著將它慢慢溶化
看我在妳心中是否仍完美無瑕

是否依然為我絲絲牽掛
依然愛我無法自拔
心中是否有我未曾到過的地方啊

那裡湖面總是澄清
那裡空氣充滿寧靜……

而伍佰歌詞說故事，最厲害的技巧，是「一句故事法」，一句之中就包含了人物、衝突、遺憾。例如〈LAST DANCE〉：

春風秋雨飄飄落落只為寂寞
妳給的愛　甜美的傷害……

「春風秋雨」對「只為寂寞」；「甜美」對「傷害」。華麗與滄桑，對立兩點間的距離，迸發故事的戲劇張力。

其實許多名句都使用「一句故事法」書寫。例如岳飛〈滿江紅〉中的「三十功名」對比「塵與土」；十一郎作詞的〈囚鳥〉，「眼淚」是「唯一的奢侈」。

下列五短句，讀者可試著練習，檢驗是否已理解「一句故事法」中的「衝突」：

1 全力以赴的______。　A）悲傷　B）快樂

2 華麗的______。　A）成功　B）失敗

3 完美的______。　A）墜落　B）提升

4 ______的負擔。　A）甜蜜的　B）痛苦的

5 ______眼睛，看著你離去。　A）睜開　B）閉著

6 ______難過。　A）努力　B）不要

7 ______當個廢人。　A）認真　B）不專心

8 ______的壞孩子。　A）邪惡　B）善良

（解答在文末）

簡訊文學需要「一句故事法」

「一句故事法」應用多元，例如學校的學生以「你愛我，她知道嗎？」這短短七個字，拿下第六屆「myfone行動創作獎」簡訊文學首獎與七萬獎金。這七字雖短，卻有效讓人連結到世上所有「小三」心中的「衝突」與「遺憾」。

是的，這首獎作品已飽含「一句故事」所需的三大元素：人物、衝突、遺憾。其實只要以這三元素出發，在日常中找材料，便很容易創造出廣告文案夢寐以求的「一句故事」。

從日常出發，練習寫出自己的故事短句

好的「一句故事」，從日常的細節出發，最容易抵達共感。以下是台灣這幾年的廣告金句，讀完可以發現，從日常見非常，才是後座力十足的精悍短句：

世界上最重要的一部車是爸爸的肩膀／一九九五年 中華汽車
有點黏又不會太黏／一九九五年 中興米
認真的女人最美麗／一九九七年 台新銀行
生命就該浪費在美好的事物上／二〇〇一年 曼仕德咖啡
不平凡的平凡大眾／二〇一一年 大眾商業銀行
敢傻 就是我的本事／二〇一九年 黑松沙士

六個字道盡人生遺憾

伍佰受訪時提到的「空隙」，其實與德國美學家沃夫岡．伊瑟爾（Wolfgang Iser）提出的「美學間隙」遙相呼應。伊瑟爾認為文本應有「空白」、「空缺」、「否定」三要素構成的「召喚結構」。而審美的終點，則是通過讀者來實現。因此，作者的文本須有留白處（美學間隙），激發讀者在閱讀中，發揮想像來填補空白，而這樣的間隙填補，便是美感產生的

歷程。

「一句故事」簡短，因此留下巨大的「美學間隙」讓讀者去填補。讀者可以從英國六字微小說的得獎作品中，發現「一句故事」與「美學間隙」的完美結合。以下作品的字裡行間，人物藏著衝突，衝突中，有淡淡的遺憾：

□ Sorry, soldier, shoes sold in pairs.（抱歉了大兵，我們只賣成雙的鞋。）

□ Jumped. Then I changed my mind.（一跳下去，我就改變主意了。）

□ Finally spoke to her. Left flowers.（終於和她說上話，並留下一束花。）

我們可發現，每句都有大量的留白，例如第一句留白的填補是：這位士兵只剩一隻腳。而最後一句的Left flowers，會讓讀者聯想到幾千年前，古希臘人在戰士墳前獻花的習慣。希臘人認為，如果鮮花扎根於地下，並從墓地生長出來，就表明死者靈魂已經獲得和平。

此句美學間隙大，我們還可繼續填補：生時愛戀，死前緣慳，相逢時刻，陰陽兩隔，無語凝噎。留白會讓讀者發揮想像力，因此「共時性」也更強。我們試讀下方留白更多的佳句：

□ I met my soulmate. She didn't.（我遇到我的她，但她沒有。）

⇓短短六個英文字，你聯想到什麼？遇見了，無法在一起？在一起了，女生發覺所遇非人，拂衣而去，但男生仍深愛著女生……

□Siri, delete Mom from my contacts.（Siri，把媽媽從通訊錄刪掉吧。）

⇓母子衝突？或是倉皇失怙，科技產品中，古老的無奈與哀傷。

□Birth certificate. Death certificate. One pen.（出生證明與死亡證明同時開立。）

⇓嬰兒出生就夭折？抑或嬰生母亡。不管是哪一種，都是人間長憾。

□Introduced myself to mother again today.（今天我再次向媽媽介紹了自己。）

⇓媽媽失智？或是兒子失智？幽默中，盡是深情的遺憾。

□Strangers. Friends. Best friends. Lovers. Strangers.（陌生人。朋友。好朋友。愛人。陌生人。）

最後一句不需言詮，一百位讀者，會自然填補一百種生命的遺憾。每人懷中，都藏有一把鋒利的故事短匕，在伍佰的詞，或是巧妙留白的文案中，取出自傷，得到有痛感的快樂（痛快）。

行銷劇本也需要「一句故事」

向電影公司推銷劇本創作，或是行銷電影時，都需要將故事講得越簡明扼要越好，所以好萊塢就產生一句話講完的LOG LINE（故事綱要）。一樣言簡意賅，人物、衝突、遺憾等元素，無一不齊。例如入圍二〇二三年奧斯卡金像獎最佳影片的《媽的多重宇宙》（*Everything Everywhere All at Once*），英文LOG LINE只有一句：

□ Michelle Yeoh as an overwhelmed immigrant mother who must learn to channel her newfound powers after an interdimensional rupture threatens the fate of the world.
（楊紫瓊扮演一名不知所措的移民母親，她必須學會運用她新獲的力量，因為一次異次元裂隙威脅著世界的命運。）

《捍衛戰士：獨行俠》（*Top Gun: Maverick*）的英文LOG LINE一樣只有一句：

□ After thirty years, Maverick is still pushing the envelope as a top naval aviator, but must confront ghosts of his past when he leads TOP GUN's elite graduates on a mission that demands the ultimate sacrifice from those chosen to fly it.
（三十年後，「獨行俠」依然是一名頂尖的海軍飛行員，但當他領導的捍衛戰士精英畢業生執行一項需要付出犧牲的任務時，他必須面對自己過去的陰影。）

最後來看二〇二〇年奧斯卡金像獎最佳影片《游牧人生》（*Nomadland*）的故事綱要：

□ A woman in her sixties, after losing everything in the Great Recession, embarks on a journey through the American West, living as a van-dwelling modern-day nomad.

（一名六十多歲的女性在大蕭條中失去了一切後，開始了一段穿越美國西部的旅程，過著以居住在麵包車中為生的現代游牧生活。）

品牌故事須納入「一句故事」概念

好萊塢故事大綱的英文只有一句，但翻成中文時，卻可能多達三、四行，所以「一句故事」可以視為一個「概念」。在現代人缺乏耐心的今日，在品牌故事行銷時，也需要使用這個概念。

例如Chanel的雙C相疊logo，由Coco Chanel在一九二五年親自設計，有可以簡短敘述的浪漫品牌故事：

一個叫Capel的男孩摯愛Coco Chanel，兩人無法結合，但雙C商標重疊永生永世。

LA MER海洋拉娜的品牌故事，一樣可以用三句說完：

服務於NASA的Huber博士實驗時受傷毀容，使用深海巨藻包覆傷口復原，因此研發分送給有需要的人。

金格名床是歷史悠久的品牌，但大家知道它也有簡短但有說服力的品牌故事嗎：

美國King Koil為協助脊椎有病痛的顧客，與ICA國際脊椎醫生協會合作，終於製造出榮登全世界脊椎醫生認證最暢銷的床墊。

日本老人用短句，將故事力發揮到極致

日本每年都會舉辦「銀髮川柳創作大賽」（シルバー川柳），在短短二至三行限制中，日本長者用高度的智慧自嘲，每個得獎作品都可看見「人物、衝突、遺憾」三元素的極致發揮，寫出人生的悲欣交集。我們試看以下範例：

「我終於
還清了房貸

然後住進了養老院」

「正睡著覺

被關心我的家人叫起來

提醒我吃安眠藥」

「也想試試居家辦公

但是

我沒有工作」

「太好吃了

但剛剛吃了什麼

我已經忘記」

「人生已經不迷茫了

但是

會一直迷路」

「早晨起來
感覺很不錯
去瞧瞧醫生吧」

「有糖尿病
但是已經沒有了
甜蜜的生活」

「從賓士車上下來
換乘了
輪椅」

「啊～張嘴
以前是戀愛
現在是看護工餵飯」

「內心這份悸動
以前是因為愛情

現在是犯病」

一樣的愛情，一樣的工作，一樣的生老病死，這些人生的「無常」，若要化為充滿故事力的句子，大多從生活的「日常」出發。當學會以幽默的視角，對日常中的無常，在自嘲中「習以為常」，不僅可以感動人，似乎人生沉重的悲傷，也變得輕盈多了。

「一句故事」的花朵，需日日採擷

許多人腸枯思竭時，常嘆息自己是個缺乏故事的人。其實這個世界是個故事大草原，遠看是綠色一片，如果願意走近細瞧，會發現草本生活中，黃色、白色、粉紅的故事小花，早已覆蓋大地。若要擁有一座花團錦簇的故事花園，一定要養成日常採擷的習慣。

例如筆者一早起來，就會打開Podcast，進入他人的故事花園，每有會意，便單句取下，種在網路雲端的花園，因此每日行文，總能輕易走到落英繽紛處。

日前一早，收聽李清志教授談海濱環島的故事。他談到「台灣西海岸鄉鎮的牆壁上，最常見的噴漆，是離婚二字」。土地長出來的「一句故事」，無限留白，讓人動容。

「一句故事」是強大的能量場，總能給予受眾能量，再去創造自己的「一句故事」。李教授的故事能量，引發我想起幾年前在台東海濱，一位原民朋友指著海灘說：「那些漂流木曾是我的家園。」還想起昨日，詢問一位同仁，為何最近不再對學生發脾氣了，他笑笑說：「No anger, no hatred, no love.」（對學生不再生氣，不再有恨，也不再有愛。）

望著他飄然遠去的身影，那輕輕六個字，卻似他江湖道別，腰間卸下的玄鐵重劍，劍鞘中有好多人物、好多衝突、好多遺憾、和好多故事……

※練習解答　ABAAB AAB

意象故事法

有意象，受眾更容易想像；
沒有意象包裝，很難被世界「看見」……

例《砂之器》、《瀑布》、〈紅玫瑰與白玫瑰〉、〈公呆〉、〈負壓〉

進入五感，才能有感

比爾．蓋茲在二〇〇九年的TED演講中，指出每年世界有逾百萬人因為瘧疾死亡，且隨時有兩億人正受瘧疾所苦。為了讓觀眾了解這種疾病的嚴重性，他把一罐裝有蚊子的容器放到演講廳中，接著打開容器，讓蚊子飛出來。當聽眾看見身旁飛舞的蚊子，變得非常的「有感」時，比爾．蓋茲才補充，這些是不會傳播瘧疾的蚊子。

當我們寫作時，我們也必須讓讀者「看見」蚊子的形象，這樣的「意象故事法」，最容易打動人心。

例如戰國時代，齊國第四代國君齊威王，自從桂陵之戰取得勝利後，依仗國勢強大，漸漸的貪圖玩樂，不理政務，國事漸頹。在齊國處於危亡旦夕時，左右無人敢諫。齊國稷下學宮淳于髡，決定使用「意象故事」來勸說威王：「國中有大鳥，止於王庭，三年不蜚又不鳴，不知此鳥何也？」齊威王一聽，就明白淳于髡是在諷刺自己，於是回答：「此鳥不飛則已，一飛沖天；不鳴則已，一鳴驚人。」之後，齊威王大力整頓國政，召見諸縣的令長七十二人，獎賞一人，處死一人，重振軍容，整兵出戰。那些入侵的諸侯國知道後，十分恐慌，紛紛歸還侵占的土地。從此，齊威王威名震世三十六年之久。

先塑象，再傳意

最會說故事的火星爺爺，最擅長「先塑象，再傳意」。例如他曾舉例，賣雞蛋時，可以說：「讓你家的孩子吃了之後，從小明變姚明。」若要說服老闆採取自己的提案，就跟老闆說：「A方案是許純美，B方案是桂綸鎂。」言簡意賅，卻清晰明瞭。

筆者在說服他人時，最常使用「意象故事法」。

例如想幫助學生學會自律時，會問學生：「請問沒有繩子的陀螺會旋轉嗎？」當學生開始思考，搖搖頭後，才跟他們說：「被捆綁後的陀螺，丟出後才有辦法自由旋轉；對人類而言，那條繩子就是自律，所以越自律，才越自由。」

在筆者剛辦理國際教育的時候，校內有些同仁反對，認為帶學生出去，都是風險。因此在說服同仁時，筆者會說：「停在港口裡的船隻最安全，但那不是船隻存在的目的。」

有些學生家長管理孩子過度嚴格，帶給學生難以呼吸的壓力，許多學生甚至因此蹺課、拒學，成績一落千丈，因此我會請問家長：「清水模的房子和油漆粉刷的房子，哪一種比較容易產生壁癌？」當家長回答後者時，筆者再用類比的方式，讓家長知道自己的問題。「台灣潮濕，水泥會吸水氣，但油漆會阻礙水氣出來，便形成了壁癌。太嚴格的管教，就像是厚厚的一層油漆，讓孩子無法呼吸，成為你不喜歡的壁癌。」

用具象的科學性與物理性去講故事，總能精準傳遞訊息。事實上，許多戲劇與小說的故事，也都將創作者的微言大義，藏在這些具體的形象當中。

有意象，受眾更容易想像

被八次改編為戲劇，日本作家松本清張的經典推理小說《砂之器》，故事主角為了攀上高位，不惜殺人。他雖然想改變自己不堪的過去，只可惜他的成功就像用細砂堆砌而成的器皿，看似美麗精緻，但建立在虛幻的根基之上，一旦潮水湧上，沙堆成的器皿，都將歸於無形。

二度獲金馬獎最佳導演獎的鍾孟宏，將他二〇二二年的電影取名為《瀑布》，象徵母親與女兒間的關係，雖如冰封雪山，但一旦感受到春陽般的親情，母女之愛便如融化的冰川，化為磅薄的瀑布，宣洩而下。

張愛玲的神作〈紅玫瑰與白玫瑰〉，描寫一個被傳統觀念束縛的男人，理智上，想娶一個「傳統」的中國女人，但情感上，他卻總是愛上「不傳統」的西化女性。張愛玲用具象的紅玫瑰，來代表愛招搖的紅玫瑰，可是娶不得。因為紅玫瑰太難控制，不夠宜室宜家，會讓他「無法成為她的主人」，失去主控權就丟了男人的臉面。

張愛玲的意象語言，充滿畫面感，道盡天下所有男人慾念與理智的永恆衝突：

> 振保的生命裡有兩個女人，他說一個是他的白玫瑰，一個是他的紅玫瑰。一個是聖潔的妻，一個是熱烈的情婦——普通人向來是這樣把節烈兩個字分開來講的。
>
> 也許每一個男子全都有過這樣的兩個女人，至少兩個。娶了紅玫瑰，久而久之，紅的變了牆上的一抹蚊子血，白的還是「床前明月光」；娶了白玫瑰，白的便是衣服上沾的一粒飯黏子……

意象的科學，是故事的底氣

第十九屆林榮三文學獎小品文獎作品〈公呆〉，意外在網上爆紅，因為作者毓秀用「總是攤平在爛泥表面」，因此被大量撿拾的薄殼蛤「公呆」，來類比「躺平世代」，幽默又精準，引起大批網友留言朝聖。

第四十二屆時報文學獎散文首獎，頒發給作品〈負壓〉，因為正職是呼吸治療師的作者吳宣瑩，選擇用新冠肺炎病患被隔離時所居住的「負壓房」，來寫實描寫大疫時的負壓社會，也精準反映醫護人員的真實心境。負壓隔離病房的空氣只進不出，就像醫護人員的壓力「只進不出」，疲憊不斷累積後，仍要扛起時代重任，帶領全民衝出疫情困境。

這是個人人都有故事的年代，卻不是每人都有能力說出動人故事。若我們能學習這兩位得獎者，練習挑選身邊的日常意象切入，一定可以「日常見非常」，讓自己的故事，與眾生產生連結。因為意象的科學原理，容易讓人信服，那是故事最堅實的底氣。

沒有意象包裝，很難被世界「看見」

二〇二三年全國學生美術比賽，一幅國中漫畫類特優的作品在網路上瘋傳。畫中一位身著皇帝古裝的男子，牽著一頭烏龜慢慢通過斑馬線，讓所有的巴士、汽車及機車駕駛，全都停止動作，瞠目結舌乾著急。在交通部規定行人優先的政策之後，台灣的汽機車駕駛努力遵循，卻常常發生因為行人速度太慢，造成嚴重塞車。這位國中生用具體的「傲慢皇帝」及「慢走烏龜」兩種意象，清楚表達現世痛點，難怪獲得國人的共鳴。

各行各業都有優秀的人才，也都有想要傳遞的概念，然而如果沒有清晰的意象包裝、沒有琅琅上口的圖象語言，真的很難被世界「看見」。

由經濟學家史蒂芬·李維特（Steven Levitt）及新聞工作者史蒂芬·杜伯納（Stephen J. Dubner）所寫的一本社會學書籍《Freakonomics: A Rogue Economist Explores the Hidden Side of Everything》，字面翻成英文應該是「搞怪經濟學」（Freak + Economics），然而華文出版商很會說故事，將其翻成充滿圖像感的《蘋果橘子經濟學》，並解釋為「看似蘋果的問題，切開後卻發現是一顆橘子。蘋果代表著我們日常生活中，最直接面對到的問題，然而橘子代表的是引發這些問題的背後，真正的內在原因與動機。」讓人一目了然，造成書市的大成功。

又例如美國芝加哥大學進化生物學家范華倫（Leigh van Valen）於一九七三年提出的「紅皇后假說」（Red Queen hypothesis），是根據《愛麗絲鏡中奇遇記》中，紅皇后對愛麗絲的回答：「在這個國度中，必須不停地奔跑，才能使你保持在原地；如果你想前進，就必須跑得比現在快兩倍才行。」恰如其分地描繪了自然界中激烈的生存競爭法則：不進即是倒退，停滯等於滅亡。

這個假說因為有清晰的故事意象，馬上變成顯學，各種學術的相關解釋紛紛出爐。例如哈佛學者史都華・卡夫曼（Stuart Kauffman）引用，成為知名的「紅皇后效應」：商業世界的競爭者與防禦者，兩邊的速度與力量雖然都與日俱增，但雙方的相對地位，並沒有任何改變。

有意象故事，產品價值才能加成

筆者曾經為「世界麵包冠軍」陳耀訓推薦他的著作《99分的完美》，讀到他為蛋黃酥命名為「紅土蛋黃酥」，會很想了解「紅土意象」背後的故事。去年陳耀訓拜訪時，透露他命名的故事：蛋黃酥裡的鹹鴨蛋，必須埋在紅土裡二十一天，才能產生最漂亮的油花，也因為這樣的鹹鴨蛋有限，所以取名「紅土」，可讓消費者聯想到取得不易的「稀缺性」，也會認同「價格」背後代表的「價值」。難怪陳耀訓的蛋黃酥被稱為「蛋黃酥的愛馬仕」，而且二〇二三年漲為一顆一百二十元後，網路上一開賣，二十幾萬顆蛋黃酥，五分鐘內即完售。

當然，陳耀訓產品的優點，還包括極品奶油及麵粉，還有將製作可頌的技術轉移到蛋黃酥的製作，才有「十二層蛋黃酥皮」的層次。然而，產品再好，如果沒有一個意象來連結品牌故事，則很難讓受眾產生記憶點。

期待讀者善用本章的「意象故事法」，讓自己的作品成為「故事界的愛馬仕」，或是「文案界的聖羅蘭」！

異質同構法／同質異構法

現代藝術要產生價值，記得使用「異質同構法」說故事……

例《噴泉》、〈爸爸的肩膀〉、「像極了愛情」

一九一七年四月，在紐約中央大廈舉辦的一場藝術展覽，美籍法裔藝術家馬塞爾．杜象（Marcel Duchamp）送上的展覽品，是一個簽上「R. Mutt 1917」的陶瓷小便斗，並將其命名為「噴泉」。展覽理事會最終拒絕《噴泉》的公開展出。不過到了一九六四年時，杜象已經接受委託，製作十七個不同設計的《噴泉》重製品。其中一件重製品在一九七七年的蘇富比拍賣會上，以1,762,500美元的價格拍出。

一九七七年的一美元約等於二〇二三年的五十美元，也就是說，當時的拍賣價，約值現今的二十八億新台幣。一個原本價值新台幣一千元的小便斗，只不過換個地方擺設，再加上一個新的名稱，價值竟然就跳升兩百八十萬倍。

雖然杜象創作《噴泉》，是為了對藝術的價值提出質疑，但不容否認，他創作的方法，在現代藝術發展中，標誌著重要的轉變，更被認為是二十世紀藝術發展的重要里程碑。其實杜象的創作法，可以歸類於「異質同構法」：「小便斗」與「噴泉」是不同的物質，卻處於相同的結構中。

「異質同構」本源於心理學，但若用來創作藝術，則是更進階的意象故事法，其特點就像「小便斗」與「噴泉」，「異質」性越高，則想像空間越大。

廣告大量使用「異質同構法」

中華汽車的廣告〈人生第一輛車，是爸爸的肩膀〉，感動了許多人。廣告影片中，主角回憶起小時候發高燒，村裡沒有醫院，父親揹著他翻山越嶺到鎮上就醫，如今有能力買車，最想開車帶父親到處走走。「車」與「爸爸肩膀」的「異質同構」，產生巨大的連結力。許多觀眾說，看著影片，背景音樂一下，眼眶就紅了。

CITY CAFE 請桂綸鎂代言的廣告詞「整個城市都是我的咖啡館」，讓大小殊異的「異質」同構，造成鄉民的造句運動，產生許多神句，例如：「整個城市都是我的賽車道」、「整個城市都是我的伸展台」、「整個城市都是我的遊樂場」等。

想練習「異質同構法」，最好的訓練就是讀詩，因為詩是意象語言，充滿了大量的「異質同構」範例。例如名詩人嚴忠政的佳句：

衣架像標點於天文與人文間的問號

輪胎是一種用來擦拭距離的橡皮擦

（台中）中正路像正待刪除的手機簡訊

「像極了愛情」是最簡單的「同質異構法」練習

台灣社群上曾經引爆了一股「像極了愛情」風潮，源於一張教大家如何寫詩的三步驟圖文，一為隨意寫一段話，二是最後加上「像極了愛情」，三是完成。這些大眾的集體創作，講的都是愛情的本質，卻用不同的現象結構，這是另一種寫法，「同質異構法」的練習。試讀以下例句：

冷氣師父說這一週不會來
下週也不一定
像極了愛情

大家都已讀
卻沒有人按讚
像極了愛情

排隊時

自己這列總是最晚排到
像極了愛情

點了熱咖啡
送來時卻已經冷了
像極了愛情

內政部在宣導並排停車時，也使用這個哏：

明明沒有位置
還要硬擠過來
像極了愛情

筆者在文案教學時，常出題讓學生以學科與愛情做「同質異構」的練習，效果非常的好，得到許多佳句，以下供參。建議大家可以腦洞大開，多多練習，一定可以成為說故事的大師，可以用來寫廣告文案，甚至斬獲許多文學獎喔！

〈愛情的數學〉筆者示範

戀愛時，我是你的比較值
結婚時，我是你的絕對值
結婚後，我只是你的平均值
現在老了，愛情是除不盡的殘值

〈英文失戀法則〉／鄭怡貞

尚未戀上你之前
我是簡單的現在式
主詞永遠是我
動詞則隨心情　變幻
直到初見你的那天
癡心妄想　在自己的日記簿上
填下假設句——
「俊美如你
能成為
我的未來式？」

戀上你之後的
現在進行式——
流金歲月
一切都是真實的當下
瘋狂地以為自己
可以當一輩子，幸福的
受詞

而如今
之前的耽美 燃盡為
冰冷的過去完成式
主詞 仍然是我
但怎樣也找不到
失落的那顆
那顆，讓青春第一次心悸的
不規則動詞

分手後的第一秒

甜蜜已成過去式
如酒回不了最初的葡萄
我再回不去
再回不去
最剛開始的，現在
簡單式

〈她和她的物理定律〉／蔡旻螢

一剎那，我們的心以相同的頻率共鳴

妳說，我們光滑的肌膚沒有摩擦力
　但你我不能前進
我說，愛妳是慣性，
　即使你想停下，我仍不止息

妳說，異極相吸
　同極相斥

我說，我們之間的萬有引力分明吸引著彼此
妳說，作用力越大　反作用力也越大
我說，作用力與反作用力
　會同時出現　及　消逝
妳說，沉淪水中
　深度愈深，壓力愈大
我說，水的浮力能撐起一艘船
妳說，世俗的光束太強
　會焚你我於無形
我說，背對光　他們找不到入射角

〈愛情文學〉／林子維

好想為你寫一首詩
關於青春，關於相遇

關於愛情
即使，日光常常讀不懂
也想要寫一首詩給你
裡面有你
傍晚鬍渣抽長的短句
或我的，隱藏不了的
亞當的蘋果

也好想寫散文
那重實的文類
是太強的探照燈
有無可遁逃的日常
我不斷的書寫
編輯，存檔，刪除，那些愛
寫的下手，說不出口

所以只能潛入虛構的小說
小聲，小聲的說

所有的結局都是後設
魔幻寫實，只是幻覺
意識回流現實，告訴我
好的小說
就是不說

在白日為你書寫
在夜裡拆散鍵盤
你是青春遺失的直述句

他們說
文學是隱藏的藝術
我會繼續隱身，才能
把你藏好

錯誤引導法

線索A，答案B

例《名偵探柯南》、《靈異第六感》、《不能說的．秘密》

請問一顆星星有多重？
答案是……八克！
因為
……
……
星巴克！

「可預測的」(predictable)是「淺」與「爛」的同義詞

當我們被問「一顆星星有多重」時，我們會被引導去思考到底是行星還是恆星？是地球還是太陽的大小？等到聽到答案時，第一反應是「裝肖ㄟ」，因為我們使用慣性的A方向思考，卻得到非慣性的B解答。

這個冷笑話的結構，使用「線索A，答案B」的「錯誤引導法」。就像是魔術師的障眼法，當他拿著紅絲巾翻轉，吸引觀眾所有的視線時，其實他在絲巾看不見的另一面，正藏著一隻白斑鳩，準備待會兒驚嚇觀眾。

其實偵探小說的經典架構，也常用「錯誤引導法」。就像《名偵探柯南》與《東方快車謀殺案》(*Murder on the Orient Express*)中，開始一切線索指向的最大嫌疑人，最後常不是凶手，而且可能馬上被幹掉，讓案子再陷入謎團。而擁有不在場證明，或是一開始假死的人，是凶手的機率最高。

沒錯，好的戲劇安排一定要「誤導」觀眾的思考方向，最後才能達到「出人意表」(unpredictable)的效果。而它的相反詞「可預測的」(predictable)，就是「淺」戲與「爛」劇的同義詞。

你也是鬼，但你和觀眾都不知道

一九九九年全球第二賣座的電影《靈異第六感》(*The Sixth Sense*)，便是使用這種「錯誤引導」的敘事結構，獲得了第七十二屆奧斯卡金像獎最佳原著劇本提名。

《靈異第六感》描述一位傑出的兒童心理醫師麥爾康，獲得市政府的表揚後，返家撞見被他放棄治療的青少年，對他開了一槍後自盡。

一年後，麥爾康醫生遇到一名有心理創傷的小男孩。小男孩一開始對麥爾康醫生很排斥，他對醫師說：「我可以看見死人，他們像我們一樣走來走去，只是他們不知道自己已經死了。」

麥爾康醫生無法相信這些無稽之談，他認為小男孩需要的，是有系統的醫學治療。但經過一連串的「遇鬼」事件，麥爾康醫生終於相信男孩不是心理有問題，而是真的具有陰陽眼，能看見鬼魂，因此特別害怕獨自一人。而麥爾康醫生自己也陷在極大的痛苦中，因為他發現太太「外遇」，一直和陌生的男人在一起。

小男孩在麥爾康醫生的陪伴下，逐漸接受自己擁有陰陽眼的事實，並在麥爾康醫生的指引下，鼓起勇氣面對那些鬼魂，並幫助鬼魂完成心願、安心離去。至此，麥爾康醫生對於男孩的治療大功告成。

麥爾康醫生回到家裡，想著此刻挽回妻子還為時不晚，但見到他的結婚戒指從熟睡妻子的手上滑落時，麥爾康醫生突然驚醒，他看看自己腹部血紅的傷口，回憶起自己受槍擊的瞬間，此刻他（和觀眾）才終於發現，原來自己竟也是鬼魂，而且早在一年前領獎那天中槍時，他就已經死了。但他也終於能接受為何妻子一直不與他說話。雖然感到悲傷與無助，當他知曉陰陽兩隔，最終接受了事實，平靜轉身離去。

回播時，AB線合理和解，帶來驚奇與驚艷

「錯誤引導」故事的最高潮，就在謎底揭曉，故事回放時。《靈異第六感》在麥爾康醫生驚覺自己也是鬼魂時，開始回播前面的畫面，觀眾才理解到，為何整部片只有小男孩跟他有互動。男孩說出「我看得到鬼」時，下一個鏡頭馬上剪接到布魯斯威利臉的特寫，也有了意思；還有整部電影裡，麥爾康醫生都沒有開車，他與男孩移動時，都是以走路或是搭公車的方式，因為鬼魂是無法開車的；另外，他的房間永遠被上鎖等。

整部電影的敘事A線，都誤導觀眾以為麥爾康醫生是個活人，例如他見到鬼時都會受到驚嚇。然而鏡頭回放時，觀眾才發覺一切合情合理。在《靈異第六感》試映會時，製作方很擔心會破哏，讓觀眾太早知道布魯斯威利飾演的麥爾康醫生已經死了。不過在結束後，所有觀眾都表示到最後一刻才與主角一起「受到驚嚇」，也對全劇的設計感到驚艷。

B線是令觀眾回味無窮的《不能說的．秘密》

二〇〇七年周杰倫以新台幣六千五百萬成本，自編自導自演，拍攝首部電影《不能說的．秘密》。上映後，台灣僅有兩千七百萬票房，然而數年後，本片突然封神。

二〇〇七年票房的失敗，許多觀眾歸咎於「看不懂」。因為鬼才周杰倫的哏埋得很深，處處「誤導」觀眾，AB線交錯燒腦的結果，是許多觀眾沒有接住一顆顆電影送出的

彩蛋。

例如音樂課時，遲到的葉小雨（桂綸鎂）坐到了最後一排，葉湘倫（周杰倫）很驚訝他倆竟然在同一班，不自禁的多回頭看了幾眼。以A線觀影時，坐在小雨前面的晴依，隨即甜甜一笑，以為葉湘倫對自己有意思；然而B線揭曉時，觀眾才知道，晴依與其他同學，根本看不見來自一九七九年的小雨鬼魂。

尋常的文具「立可白」也被周杰倫玩得出神入化。線性時間觀影時，觀眾會以為只是兩個調皮高中生，在桌子上用立可白留言表達愛意。當謎底揭曉，葉湘倫發現桌上的「我愛你」，是葉小雨在一九七九年的教室寫下時，身處一九九九年的周杰倫，決定不顧一切穿越時空，回到二十年前，和桂綸鎂再續前緣。

電影最後，葉湘倫用彈奏神祕琴譜《Secret》的速度，揭曉一切謎題：時間的回流取決於彈奏者的速度。所以就在琴樓被完全摧毀之前，葉湘倫用李斯特的瘋狂速度彈奏《Secret》，終於成功回到一九七九年，也見到活生生的小雨，及她回報的愛情與微笑。

《不能說的．秘密》處處伏筆的B線，因為經得起時間的檢驗，終於在十多年後，被用心的觀眾看懂了。所以在二〇二二年，韓國買下版權翻拍的《不能說的．秘密》，殺青了。日版翻拍的「不能說的秘密（言えない秘密）」也將於二〇二四年夏天上映。另一部AB線瘋狂穿插的二〇二〇神級台劇《想見你》，也已被韓國買下翻拍版權，即將翻拍。

「錯誤引導法」雖是古典的懸疑敘事技法，但配合生死之隔，時空交錯，仍是經典故事應該好好說的，祕密。

重大細節法

例《黑寡婦》、《威尼斯之死》、《單車失竊記》

忽略關鍵的部分，真相往往說不通。

——《黑寡婦》

「坐好，不要駝背。」

「我哪有駝背？」

「有，妳小時候就駝背。」

這是二〇二一年上映的美國超級英雄電影《黑寡婦》(*Black Widow*)，劇中尋常的「家庭餐桌對話」。然而這段日常，卻一點都不尋常。這簡單的問答，其實是風暴之眼，是本片的重大細節，錨定全劇主角最後的抉擇。

《黑寡婦》的前段畫面，是一個美國俄亥俄州郊區的幸福家庭，廚房裡有準備美食的漂亮媽媽，院子裡有兩個可愛玩耍的女兒，客廳中有帥氣的父親。然而經過三年單純美好的日子，一天父親慌張回家，然後一家人彷彿演練已久，開始駕駛暗藏的小飛機大逃亡。在神盾局幹員攻堅的槍林彈雨中，雖然母親中彈，但他們終於順利飛抵古巴。

最囉嗦的嘮叨，證明愛的細節

抵達古巴後，驚人的謎底揭曉。原來這「一家四口」根本沒有血緣關係，這是一個被蘇聯派駐在外的「臥底家庭」，潛入美國只為盜取機密。完成任務後，「一家人」必須分崩離析，扮演爸爸的「俄羅斯版美國隊長」和扮演媽媽的「前黑寡婦」，歸建原組織；但兩姊妹卻必須被送進神祕組織「紅房」，被迫摘除子宮，以及接受訓練，成為冷血特工「黑寡婦」。

二十一年後，逃出「紅房」的姊姊，找到一樣出逃的妹妹，他們想救出被不人道訓練的黑寡婦姊妹們，但他們勢單力孤，所以必須先救出關在獄中的「父親」，再找到擁有「紅房」資訊的母親。

當四人終於重聚，再度共餐時，每人都百感交集，因為不知道過去三年如夢似幻的家庭情誼，是真？是假？此時敵我不明，若有一方露出破綻，馬上就要啟動彼此殺戮模式。觀眾也在質疑，與「紅房」尚有關係的母親，是否會出賣他們。他們在餐桌上機鋒相對、詰問過去、發洩不滿，感覺一切混沌不明，大戰一觸即發。直到這段「尋常母女」的對話出現，全戲定調了，那就是這「造假」家庭，擁有的是「真實」的情分，因為只有「真正」的母親，會對孩子這些細節囉嗦。

果不其然，之後的劇情雖然千迴百轉，欺敵時真假難判，但這「一家人」忠於彼此，合作無間，甚至願意為對方讓出逃生的降落傘。

這段不起眼的細節，也清楚說明，為何在《復仇者聯盟4》中，受過黑寡婦無情訓練的姊姊娜塔莎，會在爭取靈魂寶石時，為了所愛之人犧牲自己。

藝術是一種隱藏，用悖反的細節隱藏

「終於明白行李送到完全不對的地方去了，在當時的情況下，他的神色卻欣喜若狂，興奮得難以令人置信，胸口幾乎感到一陣痙攣……」

這是德國小說家托馬斯．曼(Paul Thomas Mann)發表於一九一二年的中篇小說《威尼斯之死》中，出人意表的一段描述。

《威尼斯之死》故事描寫一位慕尼黑的老作家奧森巴哈，因對長年的寫作生涯感到倦怠，於是前往水都威尼斯度假。在飯店他邂逅一位「一頭蜂蜜色柔髮，俊美如希臘雕像」的波蘭美少年。少年的美開啟他對美的重新凝視：美是通過我們感官所能審察到，也是感官所能承受的唯一靈性形象。

一天當老作家感到威尼斯有害他的健康，他決定離開。抵達車站後，飯店派在這裡的服務員向他致歉，告知行李送錯地方了。依常理，老作家應該憤怒指責，但托馬斯．曼卻寫出小說中最重要的「悖反細節」：他欣喜若狂，興奮得難以令人置信，胸口幾乎感到一陣痙攣。因為老作家知道，他又有機會看到那水仙花般的俊美少年。

此後，霍亂襲來，但老作家不走了，他在死亡的陰影中發光，他開始染髮整容，重新煥發青春的姿態。老作家最後吃了過熟的草莓，得了霍亂，死在威尼斯荒涼的海灘。

老作家為美殞身，是對美最極致的頂禮膜拜。讓百年之後的讀者重讀此作，胸口仍能感到一陣痙攣，因為知曉，美比死亡更有力量。

細節造就最偉大的情節

兒子撿起父親被打落的帽子，用力拍掉上面的灰塵，
再默默將帽子交還給父親……

一九四八年上映，由義大利導演狄西嘉（Vittorio De Sica）執導的《單車失竊記》（*Ladri di biciclette*），劇情極為簡單，如同本片源於一則兩行新聞：一個失業工人和他的孩子，為了尋找他們丟失的自行車，在羅馬街頭奔波二十四小時，結果一無所獲。

此片描寫二戰過後，身為戰敗國的義大利百業蕭條，羅馬充斥失業和貧困。已失業多時的父親安東尼費盡千辛萬苦，獲得一份海報張貼的工作，然而這份工作的附屬條件，是必須自備腳踏車，於是母親瑪莉把珍藏多年的毯子送進當鋪，贖回早已典當的腳踏車。

第二天安東尼貼好了海報，卻發現腳踏車被偷了。安東尼與兒子努力尋車，卻屢屢落空，父子倆沮喪走回家時，安東尼看見路邊一輛嶄新的腳踏車，閃過一個念頭。他叫兒子

先回家，騎上獵物就逃，但立刻被失主及他們的朋友追上，一陣爆打後，就被扭送警察局。此時在旁哭泣的兒子，撿起被打落在電車旁的父親帽子。他兩眼含淚，用力拍掉上面的灰塵，一下、兩下，兒子整整拍打了六下，每一下都像要拍掉父親世間的屈辱。

追上後，兒子深情地望著失主，再望向父親。失主被他的眼神打動，決定放了安東尼一馬。兒子默默將帽子交還給父親，父親戴上，失神的往前走，連肩膀被路過的貨車擦撞，都毫無感覺。兒子用手帕拭乾臉上的淚水後，重新握住父親的手，父親含淚羞愧回握，繼續失神往前走，走向除了親人的愛，什麼都沒有的明天。至此，全劇終。

沒有浮誇的戲劇效果，就是這麼簡單又有力量的細節，讓這部新寫實主義的低成本電影，感人肺腑，長久位列世界十大電影榜內。

如果想寫一篇感人的故事，不妨努力回憶生命中難忘的味道，或是追索人際間常被忽略的小細節。

用善感的心，將它們記錄、留存下來。慢慢會覺察，原來，會糾正姿勢的嘮叨，是真正的愛；而半夜等候的燈，可能是宇宙間，永遠為你燃燒，不滅的恆星。

微物視角法

「小題大作」是說好故事的捷徑……

例 課堂指導實例

角度對了，高度就有了。

寫好故事的祕訣，就是找到切入的角度，而最容易產生陌生感與故事感的角度，就是「微物書寫」。例如寫一篇懷念過世祖母的文章，可以從她生前用過的器物起筆。例如每日使用的「雪花膏」，仔細觀察，可以發現雪花膏中，有祖母溫熱手指按壓的痕跡，痕跡中，還有細細的手指紋路。

故事的邏輯，是有脈絡的拋與接，所以接著可以「接住」前面「祖母溫熱手指」，連結到祖母大手牽著作者的小手，走過風雨斜陽中的記憶巷弄。

又例如要用文字留下離去的孩子，可以從他的童鞋寫起。鞋跟的磨損，可連結孩子活蹦亂跳的身影；鞋墊的凹痕，可串連生命的重量，與心中永遠無法回彈的凹陷。

訓練「微物視角」，看穿第二層意思

要學會找出「見微知著」的「微物視角」有兩個方法，第一個是「narrow down」：微分再微分；第二是「微言找大義」：看穿微小事物隱含的第二層意思。

以下是指導學生時的實例，一起練習，看要如何從這平淡無奇的敘述中，找到說故事的微物視角：

我媽媽要負責照顧洗腎的爺爺，常常以弱小的身軀，背著快兩倍重量爺爺去做腎臟的血液透析。一開始母親會抱怨，為何為人媳婦，要吃這麼多苦？但漸漸的，她接受這宿命的安排。

不知讀者找到最適合的微物角度了嗎？以下是學生黃健彰找到切入角後書寫，得到了十六校聯合文學獎的第二名的文章摘錄：

好幾次母親想放棄這段婚姻，只要放棄，脫掉家庭的手鐐腳銬，就可以不用面對公婆的問題了。但是，她想給孩子一個完整的家。

就這樣，母親一直走到現在，每天過著緊湊又緊張的生活，只要阿公醒著的期間，她都要在他旁邊看著他，深怕他隨時跌倒或出事。有時阿公大號在褲子上，媽媽就戴起手套，幫他洗內褲，先將在褲子上的排泄物沖掉，然後放在裝水的臉盆裡，將內褲撒上洗衣粉搓洗，過程中一不小心，洗褲子的水還會噴到臉上。

雖然盡心盡力服侍阿公，阿公仍習慣自我為中心的對待媽媽，常常提出不合理的要求，像是在家裡，卻說要回家；或是腳受傷包了石膏，不聽醫生的話，當天上的石膏當天就說要拆。失智的阿公製造各種巨石，一次次要求母親推上山，當媽媽不順從，「祂」就口出惡言，甚至罵髒話，用最侮辱的人間語言，去凌遲一個可以被禮教肆意揉捏的黏土，但是母親總能在被踩扁後，撿拾地上尊嚴的碎片，將自己一片片重塑回原來的人樣。

我不懂，這樣毫無章法的人間世？但母親跟我說要體諒阿公：「沒有人願意大號在自己的褲子上；阿公的謾罵也不是故意的，因為他現在失智，錯亂了，不是有意。雖然有時會被罵得很難聽，會不想照顧阿公，但是人都會老，老人需要照顧，現在我照顧阿公，我老的時候，也會被照顧，這就是家庭。」

是的，母親仍對她的神祇深信不疑。但我覺得，她才是真的神。只有神，才能在靈魂一次次死亡後，為了她深愛的人們，還願再來；也只有耶穌，可以讓四軀被苦難穿刺，一針打入動脈，另一針打入靜脈，透析人性的毒素、排出體外，讓過濾完，無恨無怨的血液，再度回到體內。

猜對了嗎?是的，答案就是「透析」。記得挑選微物時，要把握「以物抒情」的原則。

微物除了表象之意，亦要包含更深沉的第二層意思，第二層的哲思，才是真正的主題。例如乍看這個題目，會以為是指「血液透析」，看完才知是更深刻的，「透析命運」。

利用「微分提問」，找細微的動詞與名詞

另一位學生傅棋想寫自己以前小學當投手的歲月。他說以前當投手時，用力丟很容易被打擊出去；反而是輕鬆丟的時候，可以三振打者。現在功課壓力重，沒時間再打球。然而現在卯足力氣念書，即使念到爆肝，書也沒念好。

很明顯的，這段敘述中，仍然缺乏微物的細節，所以我繼續追問：

「教練有沒有跟你說，為什麼輕鬆丟的時候打者打不好？」

「教練說輕鬆丟的時候，球比較會跑。」

「為什麼比較會跑？」

「教練說球有尾勁。」

Bingo！題目的「微物視角」出現了！

我跟學生說，你的題目就叫「尾勁」。象徵我們用蠻力做一件事時，常常做不好；反而是放鬆去做，才有餘力產生後勁。就像你現在用蠻力讀書，休息不夠，精神狀況差，當然書也念不好。學生寫出以下的文字，拿下一個文學小獎：

主審大喊：「Strike out」比賽結束，大家衝向投手丘，個個亂吼亂叫，場上裝滿了勝利的歡呼聲，因為我們拿到了全縣冠軍。回程時，教練高興的〔跟〕我說：「終於會利用身體的力量投球啦！」這時我才真正知道，原來「用對的力量」投球才能真正投出自己的球威。

「啪——」一本課本掉到地上，把我拉回還是堆滿煩惱的書桌上，也把我拉回沒勁的日子。我想到過去用對的力量投球。我知道未來生命中，我還要面對更多時間的強打者，但我會想辦法用對的力量投出一顆顆充滿尾勁的球，將所有生命的難題一一三振！

大疫時節，一位學生敘述心中的不安：

一晚演出後，國樂團長告知，因為疫情，必須停止已排定的所有演出。因為疫情不知何時終止，團員們的生計即將陷入困境，現在大家人心惶惶，很希望疫情趕快結束，讓國樂團的演出可以恢復正常。

聽完後，我發出以下提問：

「請問你在國樂團中擔任何種樂器演奏？」

「是古箏。」學生回答。

「好，現在請你Google古箏，找出有第二層意思的動詞與名詞。」

「老師，維基上好多資料喔！琴體相關有山口、箏尾（鳳尾）、弦釘、雁柱、鋼弦、絲弦。指法有托、擘、抹、挑、勾、剔、連托、連擘、密搖、勾搭、雙托、雙擘、雙勾、反撮、按、上滑、下滑、猱、顫音……」

相信讀者現在已經眼花撩亂，但不妨猜猜，最後筆者建議學生挑選哪一個「微物」當主題。先給一個提示，這個「微物視角」可以表達疫情時，作者與普世眾生心底共同顫抖的聲音。沒錯，答案揭曉，是「顫音」，學生最後接受建議，也拿下了文學獎。

筆者協助學生拿下七百多座文學獎，最常使用的方法，也是此法。下次手中空有一堆材料，卻無從下筆時，記得可以選擇「微物視角法」。選擇的事物越小，則說好故事的可能性，越高！

16
6

隱藏故事法

好的文學作品，要像個謎，藏著人性最大的謎底……

例〈午睡的地方〉、〈色．戒〉、《麥田捕手》

文學底蘊是藏在水面下的冰山

含蓄是藝術之母；文學是隱藏的技藝。

散文與文學小說的故事敘述，切忌直白；迂迴與藏景，才見文學況味。

如同王鼎鈞所言：「文學作品大多給我們兩度的滿足，首先是文字直接表達出來的東西，使讀者歡喜感動，但是緊接著的是讀者陷入沉思，他想到許多東西，他所想到的比他所看到的更多。前者為感性的滿足，後者為理性的滿足。」感性滿足來自水面上所見冰山；理性滿足則來自藏在水下的冰山量體。

作家蘇筠雅的短文〈午睡的地方〉，雖然只有短短七百多字，但深諳隱藏之道，伏筆遙深，清麗實華，是藝術性極高的抒情散文，敬邀讀者一覽：

〈午睡的地方〉——蘇筠雅

老厝靠山，夜雨一落，鐵皮的屋頂就是打擊樂器，跟阿嬤喊的maino maino交錯譜曲。maino是阿美族語的洗澡。阿嬤總催她洗澡，說她化那麼豔的妝，一天到晚在外面，身體一定沾染不乾淨的東西。

阿嬤鼻音濃尖，因為鼻腔黏膜乾掉，鼻子塞住，高頻散溢如煮沸的茶壺。聲音穿過耳膜，卻沒在意識停留，畢竟阿美族族語她一半不懂，只知道大意是以前在城市工作的女人都過著讓人看輕的生活。

原來阿嬤的生活分輕重，她的生活只是橫渡。渡到週末與父母的飯局。母親問她怎麼不回家住，阿嬤的國語不輪轉，族語妳又不明白。他們沒料到她最愛的是這種聽了也不懂的隔閡跟快感。而且，阿嬤的家也是家，小時候一家人明明都住在老厝。

結帳時她默默把卡抽出錢包，父母低頭，刀叉撥弄雕花精緻的瓷盤，說女兒長大真好，嘴裡咀嚼的好在眼睛裡卻看不到。

上班的時候她常跑到廁所睡午覺。當初面試，她像設計師仔細打量公司的裝潢與陳設，還像清潔主管把牆壁縫隙的灰塵摸一遍。她給設計師和清潔主管打滿分，一做三年。家人問她做什麼，她一律答業務。三年的人事變動可以滄海桑田，唯一不變的是她的午睡習慣。

把馬桶蓋放下，入座後身子傾左或傾右都有牆。牆的震動，回音與暗響揭示整間化妝室的人口和走向。她在隱晦私密的空間聆聽排泄的動靜，細微或張揚的，有的節奏感強烈，有的爆發後瞬間滅寂失聲，像小時候在阿嬤家聽到的爭吵。童年的切片裡，家人的口角是排泄聲樂中劇烈爆破的驚恐和低低切切的怨天尤人。她常聽阿嬤見人就喊沒錢，她只聽得懂payci一個字。母親也只和父親提錢。錢變成家的形狀。

有時候，錢如魔法亦變出愛的形狀。男人手裡的錢經過她的肉體回歸阿嬤或父母的欲望。錢在流轉，愛也流轉。痛苦留在排泄之處由沖水閥湮滅。那按壓的手勁暴力至極。沖掉以後一身清淨。

從公司的廁所醒來。她滿懷朝氣地度過下午枯燥的工作，回家的路上傾盆大雨，她沒帶傘，到家前就先maino一回了。

曾請問讀完這篇文章的高二學生：「文中主角從事的行業？」竟然無人答出。關鍵在於，好的文學作品必須慢讀、細讀，才能找出作者隱藏的「拼圖」，拼出故事的原樣。以下茲列出作者藏在每一段的關鍵線索：

第一段：化那麼豔的妝，一天到晚在外面，身體一定沾染不乾淨的東西。

第二段：以前在城市工作的女人都過著讓人看輕的生活。

第四段：女兒長大真好，嘴裡咀嚼的好在眼睛裡卻看不到。

第六段：母親也只和父親提錢。錢變成家的形狀。

第七段：錢如魔法亦變出愛的形狀。男人手裡的錢經過她的肉體回歸阿嬤或父母的欲望。

沒錯，最後一塊拼圖在第七段出現了——「男人手裡的錢經過她的肉體回歸阿嬤或父母的欲望」。這段文字讓我們知道，原來故事主角是在城市中從事特種行業。

本篇的主題是「對於人被現實所困的悲憫」，但卻不直接表明，而是將主角「疲憊」、「過勞」的狀態，藏在「午睡的地方」。

好的散文會「抑者揚之，揚者抑之」，在「對比」中呈現戲劇張力。例如特種行業應該是躲在社會的暗角，也會讓人聯想到身子的不潔，但本篇作者會在文章前後的洗滌，以及面試時，像清潔主管把牆壁縫隙的灰塵摸一遍，來對比出靈魂的潔淨。

〈午睡的地方〉如此造懷指事，藏纖密之巧，不僅耐讀，也是想向純文學出發的新手，可以處處細究模仿的經典。

文學小說，故事只留下線頭

小說，就是不說。有文學質地的小說，說故事的方法不能秀出全貌，只能留下故事的線頭，讓讀者循著毛線，慢慢看見毛衣的不同部位時，才有美感的誕生。

例如張愛玲寫於一九五〇年的短篇小說〈色．戒〉，故事發生在抗戰期間的上海，一群進步青年為刺殺漢奸特務頭子易先生，派出最漂亮的女子王佳芝實施「美人計」，但在刺殺就要得手之際，劇情卻發生戲劇性的逆轉——王佳芝在老易為她買鑽戒的過程中，心旌動搖，改變初衷。以下是小說的摘錄，可看見張愛玲「印象主義」的簡約風格，洗練的「限知視角」：

他的側影迎著檯燈，目光下視，睫毛像米色的蛾翅，歇落在瘦瘦的面頰上，在她看來是一種溫柔憐惜的神氣。

這個人是真愛我的，她突然想，心下轟然一聲，若有所失。

太晚了。

店主把單據遞給他，他往身上一揣。

「快走，」她低聲說。

他臉上一呆，但是立刻明白了，跳起來奪門而出。

短短幾行，點出篇名隱藏的深意：王佳芝表面上是為一只「鑽戒」而動搖心志，實則對愛迷惘，「色」誘老易的計謀眼看就要成功，最後卻犯了「色之大戒」，反遭「男色」所誘，壞了大事。

張愛玲在〈色．戒〉中隱藏許多未寫出的細節，在一九七八年《中國時報．人間》寫出三千字的〈羊毛出在羊身上——談〈色．戒〉〉，說出她水面下未曾展示的冰山全貌：

特務工作必須經過專門的訓練，可以說是專業中的專業，受訓時發現有一點小弱點，就可以被淘汰掉。王佳芝憑一時愛國心的沖動——域文說我「對她愛國動機全無一字交代」，那是因為我從來不低估讀者的理解力，不作正義感的正面表白……我寫的不是這些受過專門訓練的特工，當然有人性，也有正常的人性的弱點，不然勢必人物類型化。

王佳芝的動搖，還有個原因。第一次企圖行刺不成，賠了夫人又折兵，不過是為了喬裝已婚婦女，失身于同夥的一個同學。對于她失去童貞的事，這些同學的態度相當惡劣——至少予她的印象是這樣——連她比較最有好感的鄺裕民都不能免俗，讓她受了很大的刺激。她甚至於疑心她是上了當，有苦說不出，有點心理變態。不然也不至於在首飾店裡一時動心，鑄成大錯。

〈色．戒〉經過近三十年不斷修改，不斷用減法書寫，只留下故事的線頭，不低估讀者的理解力，不作正義感的正面表白，寫正常人性的弱點，不將人物類型化，成就了〈色．戒〉的藝術高度。至於尋找張愛玲隱藏的主題「愛就是不問值不值得」，就是讀者閱讀時的挑戰與旨趣所在了。

好的篇名，要像個謎，藏著人性最大的謎底

美國作家沙林傑（Jerome David Salinger）的長篇小說《麥田捕手》（*The Catcher in the Rye*）於一九五一年出版之後，立刻引起巨大的轟動，受到青年人熱烈的歡迎，已總計發行逾六千五百萬本。或許大家會以為這是本「淺顯易懂」的小說，其實不然，因為作者表面上將主角荷頓描寫成離經叛道，逃學、吸菸、喝酒又滿嘴粗話的不良少年，實則將主角純真的思維，藏在書名「麥田捕手」中，用以反諷成年世界的虛偽欺瞞。

本書的書名來自於荷頓與妹妹菲碧的一小段對話：

「不管怎樣，我一直在想像有這些小孩在一片大麥田裡玩遊戲。成千上萬的小孩，周圍沒有人——至少沒有大人——只有我。我站在一個非常陡的懸崖邊緣。我得做的事情是，如果有人要掉下懸崖——我是說，如果他們在奔跑時不看路的話，我得從某個地方衝出來抓住他們。那將是我整天做的事情。我只是想做個麥田裡的捕手。我知道這很瘋狂，但那是我真正想成為的唯一事情。我知道這很瘋狂。」

一個離經叛道的青少年，心中最大的恐懼，竟然是害怕孩子懸崖邊的跌落；而最深沉的願望，竟然是接住每一個掉落的孩子。是這樣白紙一般的善良，對比出成人的暗黑。

沙林傑藉由荷頓的口中，說出許多無厘頭的見解，其實都是作者藏在書中的生命哲

學。例如荷頓說：「博物館最好的一點是什麼，所有東西始終放在老地方不變。你可以去十萬次，那個愛斯基摩人仍然剛剛釣上來兩條魚，鳥兒仍然在向南趕路，野鹿仍然在水潭邊喝水，那個印第安婆娘還是在那裡織毯子。」話中隱藏的，是他渴望一切不改變，他要天使般的妹妹菲碧永遠不長大，永遠不要失去純真。

荷頓偷偷潛回家看菲碧時說：「我替妳買了唱片，只是在回家的路上打碎了。」菲碧回答：「把碎片給我，我把它們存起來。」這真讓荷頓高興死了。這段看了讓人莫名的感動，其實藏在字裡行間的深意是：真正愛你的人，是連你破碎時，對你的愛都是完整的。

好的文學作品，不會只有表面的故事

文學真的是隱藏的技藝，尤其是想要參加文學獎的寫手，一定要苦心孤詣，在篇名中藏著人性最大的謎底。例如筆者有一年擔任台中文學獎散文組評審，最後我們四位決審，一致同意將首獎頒給詩人達瑞的作品〈口〉。本篇題目表面指的是「人工肛門」的「造口」，是排泄途徑，但讀完後，才知隱藏的，是父子之間愛的「說不出口」。如今因為要照顧父親，讓禁錮的愛，有了「入口」。

作家王鼎鈞在《文學種籽》中曾提到，小說裡面有故事，不完全等於故事。那是因為好的文學作品，不會只有表面的故事，真正的故事會被作者隱藏在文本的細處。想寫出一流文學故事的朋友，別忘了多鑽研經典作品，學會「隱藏」的技藝。

AI故事法（一）

指令是創意的來源，也是想像力的藩籬……

例《小紅帽》、《靈異第六感》

AI已經可以寫故事，但AI可以寫出好的故事嗎?筆者曾在ChatGPT做了多次實驗，得到了一些結論。首先分享使用ChatGPT改編《小紅帽》(*Little Red Riding Hood*)的經驗。

《小紅帽》曾經充滿性與暴力

有人認為《小紅帽》源於十一世紀比利時的詩歌，也有人說可上溯至公元前六世紀的《伊索寓言》。歷史更迭，後人發揮想像力，產生眾多版本。有的故事反面角色並不一定是狼，可能是吃人的怪物或狼人。甚至有性與暴力，兒童不宜的情節。例如大灰狼將奶奶的血和肉，留下一些讓小紅帽吃，小紅帽也不自覺吃了。

《小紅帽》可能是被再創作次數最多的故事之一，不同形象的小紅帽不斷出現。如一九四三年米高梅推出的惡搞短篇卡通動漫《熱辣小紅帽》（*Red Hot Riding Hood*），背景改為四〇年代的夜總會，大放成人世界的黑色幽默。電視連續劇、歌曲、書籍的改編更是不斷推陳出新。連格鬥遊戲《魔域幽靈》中，也有以小紅帽造型出現的賞金獵人。

AI違反指令，但卻也生出新意

筆者對ChatGPT下的指令，不限任何版本，但加入現代的法庭元素：

請寫七百字小說，改編小紅帽故事，小紅帽殺了大野狼，卻發現原來大野狼是狼人。大野狼父親告小紅帽殺人罪，最後被法官判定無罪的過程。

以下是ChatGPT生成的故事：

〈血色之森〉

很久以前，在一片叫做沃德尔的小村莊裡，住著一位叫做小紅帽的女孩。她的名字來自於她最喜歡的那頂緞帶頭巾，總是綁在她的金髮上，紅色的巾緞像一把燃燒的火焰。

有一天，小紅帽的祖母生病了，她的母親便托付她一個重要的任務——送一籃新鮮的餅乾和果醬給祖母。

「小心別在森林裡走失，記得留在大道上，」母親擔心地叮囑著，「而且絕對不要和陌生人說話。」

小紅帽應允了母親的囑咐，背著一籃好吃的食物，踏上了前往祖母家的路程。她在森林間穿梭時，偶然間瞥見了一隻狼，一雙炯炯有神的眼睛正盯著她。然而，這並不是一隻普通的狼，它的眼神中帶著一絲哀求和痛苦。

「你好，小紅帽，」狼的聲音充滿了溫和和哀婉，「你要去哪裡呢？」

小紅帽記得母親的叮囑，她只是簡單地回答道：「我要去看望祖母，她生病了。」

狼點了點頭，微笑著說：「那麼，我祝福你的旅途順利。」

小紅帽心想這隻狼並不像傳說中的那樣邪惡，於是繼續走著。然而，她並不知道，這次相遇將改變她的一生。

當小紅帽到達祖母的家時，她發現屋子裡一片混亂，祖母不見了，床上只剩下一條破爛的粉紅色睡袍。

她嚇壞了，急忙四處尋找祖母。突然，她聽到了一隻聲音，來自衣櫃裡。

「小紅帽，救救我！」

她打開了衣櫃，發現裡面躺著一隻痛苦不堪的大灰狼。牠的嘴巴被綁住，眼中滿是哀求。

「你怎麼了？為什麼你會在這裡？」小紅帽驚訝地問。

大灰狼用眼神示意著她解開繩子，然後結結巴巴地講述了他的故事。原來，他是一位名叫奧斯卡的狼人，因為一場意外，被困在了這隻狼的身體裡。他一直在尋找一種解藥，希望能夠重獲自由。

聽完奧斯卡的故事，小紅帽心生憐憫，她決定幫助他。於是，她假裝殺死了奧斯卡，用一把假裝的刀子割斷了他的繩子，然後趁著夜色，將他帶到了一個隱蔽的地方。

「謝謝你，小紅帽，你給了我新生的機會，」奧斯卡感激地說。

然而，命運的捉弄讓事情變得更加複雜。不久後，奧斯卡的父親發現了他的失蹤，並發誓要為他報仇。

他將小紅帽告上了法庭，指控她謀殺了他的兒子。

在法庭上，法官嚴肅地聽取了雙方的陳述，然後陷入了沈默。

最終，法官宣布了判決：「根據證據和證詞，我們無法證明小紅帽有殺害奧斯卡的動機。因此，我們裁定小紅帽無罪。」

小紅帽心中充滿了感激和安慰。她知道這段經歷將永遠留在她心中，成為她生命中一個永不磨滅的章節。

她和奧斯卡一起離開了那片森林，開始了一段全新的生活。他們共同面對著未知的挑戰，但他們知道，只要彼此相互扶，一定會有美好的未來。

這個ＡＩ生成故事比我設定的字數多了兩百三十字，而且違反我「小紅帽殺了大野狼」的指令，但卻也生出新意，那就是「小紅帽救了大灰狼，而且成了朋友」。這個設定很有趣，卻有bug，就是「祖母下落不明」。我嘗試將這個斷裂處給補上，再加上一些kuso的細節，變成較完整的故事如下：

〈小紅帽與狼人能量棒〉

二十一世紀，在德國黑森林叫做洛夫的小村莊裡，住著一位叫做小紅帽的女孩。她的名字來自於她最喜歡的那頂緞帶頭巾，總是綁在她的金髮上，紅色的巾緞像一把燃燒的火焰。

有一天，小紅帽的祖母生病了，她的母親便托付她一個重要的任務——送一籃新鮮的餅乾和果醬給祖母。

「小心別在森林裡走失，記得留在大道上，」母親擔心地叮囑著，「而且絕對不要和陌生人說話。」

小紅帽應允了母親，踏上了前往祖母家的路程。她在森林間穿梭時，一雙炯炯有神的眼睛正盯著她。然而，這並不是一隻普通的狼，牠小時候受困捕獸夾，是小紅帽救了牠。

當小紅帽到達祖母家時，她發現屋子裡一片凌亂，祖母躺在床上驚魂未定，床上只留下金黃的毛髮。

她嚇壞了，突然，她聽到了虛弱的呻吟聲，來自衣櫃裡。

她打開了櫃，發現裡面躺著一隻飢餓瘦弱的灰狼。「你怎麼了？為什麼你會在這裡？」小紅帽驚訝問。

原來，他是一位名叫奧斯卡的狼人，他一直抗拒不要傷害人類喝人血，因此變得非常虛弱。但他的父親卻不諒解，強迫他要吃光人類，為被人類捕殺的祖父及親族報仇。在他即將吃下祖母的過程中，看見她與小紅帽的合照，知道了原委。牠收斂爪子，不想當隻忘恩負義的狼，所以決定就算餓死，也不要傷害祖母。

聽完奧斯卡的故事，小紅帽心生憐憫，決定幫助他。

於是，她趁著夜色，將奧斯卡帶到隱蔽的地方，並定期買有血液、有澱粉又有花生油脂的狼人能量棒——豬血糕，給奧斯卡解飢。想不到豬血糕有療效，奧斯卡竟然慢慢恢復了健康。

然而，命運捉弄人。奧斯卡的父親從監視器，發現了小紅帽用腳踏車載著癱軟、疑似死亡的奧斯卡進入森林。他將小紅帽告上法庭，指控她謀殺了兒子。

在法庭上，法官嚴肅地聽取雙方的陳述，然後陷入沈默。

最終，法官宣布了判決：「根據刑事訴訟『無罪推定原則』，我們無法證明小紅帽殺害了奧斯卡。因此，我們裁定小紅帽無罪。」

小紅帽心中充滿感激。她和奧斯卡一起離開了黑森林，他們決定前往可以治療奧斯卡的天堂——台灣，因為那裡有全世界最好吃的豬血糕。

走遍全台，奥斯卡發覺淡水河畔的豬血糕是世界最好吃的，所以常在淡水出沒。若讀者在淡水河邊看見金髮上綁著紅色緞帶頭巾的女孩，她可能就是傳說中的小紅帽。而離她不遠處，一定會有雙火紅的眼睛正注視著她，那雙眼屬於許諾終生保護小紅帽的狼人，奥斯卡。

邏輯是細節的根本，細節是故事的靈魂

改寫時，筆者嘗試加入許多「有邏輯」的細節，例如狼人仇恨的來源——人類的殺戮；法院受理案件的證據——二十一世紀無所不在的監視器；小狼人自身的衝突——父權的壓迫，與生理的飢餓；解決衝突的方法——替代血，豬血；最後再從豬血連結到豬血糕，再從豬血糕連結到台灣與淡水。改寫的過程，玩得非常開心，而且因為理解邏輯是細節的根本，所以只用了三十分鐘，就完成一篇較完整的故事。

有細才有戲，細節是所有故事的靈魂。所以筆者模仿《靈異第六感》的故事結構，嘗試下更多指令，希望ChatGPT幫我補充更多故事的細節。下方是我指令的內容：

請寫一篇一千五百字小說，第一段是一個在父母親壓力之下，不得不非常用功唸書的學生，回到學校之後，發覺所有同學都不跟他打招呼。他上課舉手發問，老師也不理他。

第二段，他回到家中，發覺每天逼他唸書補習的父母也不再唸他了，他覺得輕鬆了不少，但也覺得奇怪。

第三段是月考時，他走進考場，卻驚覺沒有他的位置，他嚇呆了。最後在班級的布告欄上，才看到同學懷念他的卡片，此時他才知道自己有一天考壞了，心情惡劣，走到學校七樓，動了輕生的念頭，但看見自己喜歡的女生也在那裡，覺得世上還有值得留戀的人，就打消了想死的念頭，但不幸的是，在樓上又遇到一些成績好的同學對他冷嘲熱諷，嘲笑他上課為什麼問一些那麼愚蠢的問題，而且為什麼都去補習了，成績也這麼差，他受不了這個刺激，就一躍而下，但他竟然不知自己已經死亡這件事情。請為這個故事架構，填補更多的細節。

以下是ChatGPT生成的內容：

萬事俱備，只欠東風。這是對於林宇的最真實寫照。他是那個在父母的期許與壓力下，成為了總是埋首於書本之間的學生。日復一日，夜以繼日，用功唸書成了他生活中的全部。

回到學校後，他感到一切都變了。過去熟悉的同學，如今也變得陌生而疏離。他習慣性地舉手發問，卻發現老師們都視若無睹。

回到家中，他的父母也不再像以前那樣緊緊盯著他。這讓他感到輕鬆了不少，卻也感到了一絲奇怪。或許是他們終於放下了心頭的操勞，相信他已經成熟能自己照顧自己。

然而，當月考的日子來臨時，他來到考場，卻發現沒有他的位置。他愣住了，心裡泛起一陣陣的慌張。最後，在班級的布告欄上，他看到了同學們寫的卡片，懷念著他。這才讓他明白，原來自己曾一度在大家心中佔著一個特別的位置。

那一天，他回到了七樓，這是他曾經的庇護所。他回想起那個曾經陷入絕望，但在最後關頭看見了自己喜歡的女生，讓他心生希望的夜晚。她的微笑成了他堅持下去的力量，讓他放下了走向死亡的念頭。

然而，他卻在這裡再度遭遇了打擊。成績優異的同學們，以嘲笑和冷嘲熱諷來諷刺他，為什麼還要上課問一些愚蠢的問題？為什麼成績還這麼差？

這一切刺痛了他的心，他無法承受這樣的壓力。於是，他做出了一個讓所有人都震驚的選擇。他跳了下去。

然而，當他走向死亡時，他卻忘了自己已經離開了人世。他的靈魂停留在了那個七樓，繼續承受著無盡的折磨。

指令是創意的來源，也是想像力的藩籬

這次生成的內容讓人大吃一驚，ChatGPT再次違反指令，只產出六百三十字，不到

指令需求一千五百字的一半，而且內容了無新意，幾乎是照我的指令照抄。此時終於明瞭，今日ChatGPT的演算法，所有的指令是創意的來源，卻也是想像力的藩籬。下過多指令，ChatGPT就變笨了。

當創作者對ChatGPT下重點式的短指令，ＡＩ會有更寬廣的生成空間，而且可能會產生一些意想不到的點，這些點可以激發創作者產生更多的靈感。

此時，在中文創作方面，ChatGPT尚無法完全取代編劇和一流的小說家，但絕對可以成為創作者的好幫手，提高創作的效能。但對於缺乏基礎創作能力的初學者而言，要單靠對ChatGPT下指令，得到文學獎或市場的肯定，目前尚不可能。

但可預期的是，因為科學日新月異，ＡＩ演算法越來越強，加上「ＡＩ故事訓練師」餵養更多的文本與寫作原理，一些中等程度的編劇和小說家，就會被順理成章的取代了。

AI故事法（二）

在嫻熟創作的「訓練師」調教下，AI的潛力不容小覷……

例 寫一首有故事的詩〈交換感官〉

AI能夠寫一首有故事的詩嗎？

筆者試著對ChatGPT下簡單的指令：

請模仿一位生產後馬上死亡的母親，對活下來嬰兒一生的祝福。

結果得到以下的文字生成：

在黎明初現，母愛微笑，
生命之花，如夢境綻放。
她奏出序曲，卻未能聽懂，
留下的翅膀，盼你翱翔。

嬰兒啊嬰兒，她的眸光，
藏匿了星辰，寄託了心願。
她的呼吸，如風的吟唱，
為你悄悄祝福，直到永遠。

嫩葉披綠，如愛的庇護，
她的魂靈，融入每寸土地。
日復一日，月漸彎彎，
生活的旋律，她將陪你共度。

願你茁壯成長，勇敢無懼，
在她的懷抱，永不寂寥。
她的愛，如晨曦溫柔，
撫平你的心靈，消散一切的寒冷。

無論風雨與陽光交織，
她的心意，永遠相隨。
生命的旅途，她為你祝福，

願你健康快樂，幸福長存。

對新詩的初學者而言，這算是掌握音樂性的佳作，也有幾處具有詩質的花火，例如：她的眸光藏匿了星辰，寄託了心願／她的呼吸，如風的吟唱。但整體而言，較像是分行的散文。對於新詩「拆解散文邏輯，建構反慣性語言，在陌生感中創造美感」的美學，太注重邏輯的 ChatGPT，很難模仿。但如果餵給 ChatGPT 新詩的範本，而且下更有細節的指令，ChatGPT 有可能寫出得到小獎的新詩。

例如我請 ChatGPT 模仿我的創作〈交換感官〉，並且給出今日常用的「生活器物」當材料，給出以下指令：

請模仿這首詩的語言邏輯，用孩童成長一生中會出現的奶瓶、書包、鉛筆盒、為考試緊張、為愛情苦惱，等等器物與事件當材料。想像一位生產後馬上死亡的母親，對活下來嬰兒一生的想像、與母親不能陪伴的抱歉與祝福。

範本〈交換感官〉

請將帶走我眼睛的鼻子
放低一點

這樣我才能
走上萬物的嗅覺
聲聞雲朵的香氣以致
後來曬乾的棉被有太陽味
以致同樣的床
又多一個人搶棉被
挖空棉絮
填充可愛的日記

請將帶走我眼睛的眼睛
閉起來
這樣我才能
在全世界都睜開眼睛時
吻妳，用鼻尖
讓妳感受一整座海岸山脈
如何劃過對流層
那密集的風切雷電雨霧
但妳吻我時

總是和風流暢清朗的清晨

ＡＩ生成如下的作品：

請帶走我的心跳
但留下我的眼神
放在有你的地方
這樣我才能
以心靈的感知
聆聽你吸吮奶瓶
人間最悅耳的聲響
你在幼兒園躲著花朵的語言
也是書包裡藏著的故事
請帶走我的耳朵
但保存在土地震動的溫柔
這樣我才能
在土壤與岩層間

感受你愛情的交織
彷彿是彩色筆的輕觸
塗滿鉛筆盒的夢想

對不起，我無法親自陪伴
但我的愛，將永遠
在奶瓶的溫暖裡滋長
在書包的角落裡藏匿
在鉛筆盒裡寫下未來
你能看見的
璀璨星辰

這首ChatGPT生成的詩句，前段極好，可惜最後一段過於重複奶瓶、書包、鉛筆盒等意象，可能是因為ChatGPT非常「聽話」，執著於筆者下的指令。但與第一首相比，進步幅度之大，已令人驚艷。

模仿得獎作品，發表或參賽，將涉嫌抄襲

請ChatGPT模仿得獎作品，有可能生成不錯的作品，但如果拿這些作品參賽，一定會出事。例如我請ChatGPT模仿創世紀詩獎得獎作品，新竹女中學生高瑋含的創作〈芭蕾〉（鑒於版權，僅摘錄前段），下出指令：

請以此詩為範本，以跑步為題，寫一首詩，詩中充滿男生暗戀一位女生，卻不敢走近的心情。

你說在利用翅膀的時候最美，
我們總是記住石頭被拋出去的一刻。

在話術裡成為芭蕾
我畫了無數的圓在原地
以為你正旋轉我肩膀
實則你只推了第一下

一旦有了半徑，一旦半徑

像失序的指針般繞圈，事實上
這個圓裡就不能有人了

以下是ChatGPT的生成：

在路上奔馳的時候最美
心頭卻總藏著一份躊躇的緊迫

在腳步聲中成為舞者
我在轉彎處停頓許久
以為你正等著我向前跨出
其實你只在遠處注視著

一旦有了速度，一旦加速
像迷失的心跳一樣，迴旋，其實
這個世界裡就不能有你

生成的內容雖缺乏原作的文采與靈動，但已超越95%學生的水平。然而一旦拿來發表或參賽，會被發現營造音樂性的結構完全一致。主題雖然不同，但類似「一旦有了半徑，一旦半徑」與「一旦有了速度，一旦加速」這樣的句構雷同，一看便露餡，是抄襲了。

ＡＩ可視為靈感的來源

有故事的詩，容易動人。但缺乏想像力的ＡＩ，在薄弱的指令中，只能生成想像力貧瘠的作品。但如同上篇論述，最能善用ＡＩ者，絕對是嫻熟技巧的創作者。真正的創作者，真正的高手，絕對不可能被ＡＩ取代，而寫作技藝的學習，仍然重要，因為沒有寫作基礎的人，只能被ＡＩ玩，不可能玩ＡＩ。

定位創作的起點，讓靈感準備起飛

——類型

魔幻寫實法（一）

當現實已成魔幻，只有魔幻能描繪現實

例《變形記》、《犀牛》、《分成兩半的子爵》、《活了100萬次的貓》

「科幻」、「奇幻」、「玄幻」、「魔幻」就像棒球場上的野手，有不同的位置，但防守範圍又時常重疊。因此，嚴格分類不是學習的重點，能找到方法寫出自己的類型故事，才是本章的核心。

一般而言，以科學為基礎的虛構故事，常被歸類為「科幻」；以神話、傳奇出發的幻想故事，常被稱為「奇幻」；「玄幻」一詞為香港作家黃易提出，原意指「建立在玄學基礎上的幻想小說」，所謂玄學，常與神仙、丹道修真、神祕學、巫術等相關，因此可被歸納為「奇幻」的分支；「魔幻」基於現實的扭曲變造，內涵較深刻嚴肅，以反映社會議題為目標。

本章將討論二十世紀盛行的魔幻寫實，先試讀捷克作家卡夫卡（Franz Kafka）於一九一五年出版的中篇小說《變形記》（*Die Verwandlung*）的故事大綱：

格里高爾一早醒來，發現自己變成一隻大甲蟲，但他並不哀嘆自己的樣子，反倒是開始想著工作的煩悶，以及緊張自己錯過了火車而上班遲到，因為他是家中唯一的經濟支柱。

妹妹嘗試著照顧格里高爾，給他牛奶和發霉的麵包。在那之後他變得只愛腐敗的食物，個性也變得像蟲一樣，非常畏懼人類趕走動物的噓聲以及踱步聲。然而，格里高爾依然是個體貼的孩子，有人進入房間時，他就會躲到沙發底下，避免嚇著他人。某日，他從房門爬出後，爸爸在飯廳追著他跑，並用蘋果丟他，其中一顆蘋果卡在他的背上，引發細菌感染。在感染與飢餓的折磨下，格里高爾身體變得很虛弱，很快就無法走動了。之後，父母開始把房間租給別人，並把他的房間當成儲藏室，放置無用的物品，格里高爾因此變得又髒又臭。

一日，妹妹在家中拉小提琴娛樂房客，格里高爾聽到音樂後，慢慢走到飯廳，想邀妹妹到他房間拉小提琴給他聽。房客看見他後，拒絕付清所欠房租。妹妹認為這隻大甲蟲並不是哥哥了，因為哥哥會保護家人，而不是徒增家人的負擔，所以決定要把他趕走。這一晚，格里高爾回到房間，懷著消滅自己的決心，在想著一家人的溫柔和愛中死去。但他死後，父母和妹妹心情越來越好，也決定為充滿青春活力的妹妹找個好女婿。

故事主角發現自己變成一隻大甲蟲，最擔心的，竟然不是身體的變形，而是要如何工

作。這種將不合乎現實的狀況，描述為一種流動的狀態，並且角色將這種「反現實」視為理所當然的寫法，被後世稱為「魔幻寫實」（magischer realismus，中國譯為魔幻現實）。

其實「魔幻寫實」這個詞，在《變形記》出版十年後，才第一次由德國藝評家佛朗茨．羅（Franz Roh）提出，當時主要是要詮釋德國後期表現主義的繪畫風格，是一種「試圖抓住永恆，足以傳達真實與魔幻並存」的概念。

對於書寫而言，「魔幻寫實」的好處，是包含豐富的象徵，可涵容更多不同的闡釋。例如《變形記》明明寫的是最不可能的情境，卻能牽動許多人類的共同經驗，例如：資本主義下生活的畸形、人的異化（工具化、非人化）、失能的恐懼、家庭的疏離等。甚至在疫情肆虐時期，也能指涉人類排擠得病者及將其汙名化的反應。

卡夫卡雖於一九二四年離世，但他影響二十世紀文學深遠，後世的存在主義與荒謬劇，均深受其啟發。

人除了變成甲蟲，也能變成犀牛

二十世紀荒謬劇代表，首推劇作家尤金．尤涅斯科（Eugène Ionesco）的經典之作《犀牛》（*Rhinocéros*）。

《犀牛》的故事主角，是一個小公務員貝蘭傑，他對生活不滿，對未來茫然，常有莫名其妙的孤獨感，但幸好能夠保持獨立人格。在第一幕中，主角僅聽說小鎮出現兩隻犀

牛，到了第二幕，已增至七頭，接著周遭的鄰居、朋友、升斗小民、地方有頭有臉的人物，也變成犀牛。貝蘭傑吃驚至極，同時也很困惑，為什麼他們會變成犀牛？其後變犀牛蔚然成風，追隨者絡繹不絕。

漸漸地，連貝蘭傑身旁的好友也在狂喜中變成犀牛，全世界只剩下貝蘭傑還保有人類原樣。在最後一幕，貝蘭傑獨白：「我永遠也變不成犀牛了，永遠，永遠！我再也變不了啦。我真想變，我是那麼盼望變，可是我辦不到。我再也不能看我自己了。我羞愧得無地自容！（他轉身背對鏡子）我多醜啊！誰堅持保存自己的特徵，誰就要大禍臨頭！（他渾身劇烈震顫）豁出去啦！我將自衛，反對你們大傢伙！我的槍，我的槍！」他轉身面對後牆上那些一動不動的犀牛頭，喊道：「我是最後的一個人，我將堅持到底！我絕不投降！」

尤涅斯科在一九三四至一九三八年間完成此劇，那段期間，他親眼看到同事和同胞，一個個屈服在納粹主義之下，漸漸失去人性，搖身一變，成為一隻隻失去獨立思考能力，只能動物性地攻擊他人以求自保的「犀牛」。

作為上世紀中葉的荒謬劇，《犀牛》在二十一世紀突然又再度爆紅，不管是在紐約百老匯、法國巴黎，還是紐西蘭奧克蘭，謝幕時觀眾都起立鼓掌，久久不停，因為觀眾發現，當現實已成魔幻，只有魔幻能描繪現實。

就像高棉、盧安達、波士尼亞、以巴之間的大屠殺，人類仍然在實體與網路世界，繼續集體鄉愿、妥協、讓步、異化，在轟轟的牛蹄聲中，用槍砲，用鍵盤，滅絕他者，與自己僅存的一絲絲人性。

卡爾維諾的《給下一輪太平盛世的備忘錄》，點明小說五法

用魔幻的意象去體現人性，是《變形記》與《犀牛》展現的藝術高度。至於要如何寫出一篇好的魔幻寫實小說？義大利作家卡爾維諾（Italo Calvino）曾努力整理自己的小說寫法，寫下《給下一輪太平盛世的備忘錄》（*Six Memos for the Next Millennium*），想留給下個千禧年的寫作者。

此書預定有六講，是卡爾維諾準備於一九八五年赴美國演講的內容，但卡爾維諾還沒有踏上美國，就死於腦出血。第六講「一致性」（consistency）雖然尚未完成，但前五講的重點「輕、快、準、顯、繁」，已具體點明魔幻寫實小說的寫作哲學：

一、輕：「輕」才能承受生命的重擔。作法是「不直接觀察事物」，要改變觀點，用新鮮的視角去看待世界。
二、快：寓言的快，是敘事時間的精簡明快，可以省略部分敘述，讓讀者自行想像。
三、準：計算精細、明確的視覺意象，力求語言精準。
四、顯：透過文字畫圖，彰顯比電影藝術更巨觀的想像世界。
五、繁：當代小說是連結不同資訊的知識網絡，呈現世界多重詮釋的「繁」。

以卡爾維諾於一九五二年出版的小說《分成兩半的子爵》為例，可清楚看到這五講的

實踐。《分成兩半的子爵》描寫梅達多子爵在對抗土耳其的戰爭中，被炮火打中，劈成兩半。子爵兩片人體各自繼續過著自己的生活，一半被送到醫院治療，成了邪惡的子爵，極盡害人之能事；一半由傳教士治癒，成了善良的子爵，處處助人。後來兩個子爵追求同一位女子，為了婚事而決鬥，雙方切斷了對方昔日的傷口，原已封住的血管再次開啟，醫師馬上為「他們」動手術，接上血管。就這樣，梅達多成了一個身體完整的丈夫，一個不好也不壞的子爵。

雖然第六講「一致性」未能寫出，但筆者大膽揣測，此一致性，應該是「意象」的一致。「魔幻」是「象」，「人性」是「意」。「魔幻」精準顯示日常無法言詮的幽微「人性」，是小說應該抵達的「意象一致」。就像《分成兩半的子爵》的形象，與「人性善惡並存」之深意一致。

貓活了一百萬次，其實說的還是人

日本繪本作家佐野洋子在作品《活了100萬次的貓》中，用「活了一百萬次」的超現實意象，精準描述超越生死的愛。而這隻生死不斷重複的貓，其實代表的是所有人類的終極追求。

故事中的虎斑貓，死了一百萬次，也活了一百萬次，有一百萬個人愛過牠。每一次牠死去時，牠的主人都為牠傷心欲絕，但這隻貓，卻一次也沒有哭過，因為牠從來沒有愛過

誰，牠只愛自己的傲嬌形象。在一次輪迴中，牠成了一隻野貓。有一天，牠遇見了一隻白貓，並且發現自己愛上了對方，也順利地與白貓生了許多小貓，牠開始體會到，自己愛白貓及小貓，勝過愛自己。當白貓安靜離世的時候，虎斑貓第一次傷心難過的哭了，而這也是牠最後一次活在這世界上，因為牠終於領悟到什麼是愛與愛人的滋味。牠知道在世間的功課已了，無需再重新輪迴一次。

是這麼簡單的魔幻，精準開示眾生：唯有愛可以超越死亡；沒愛過的一生，等於沒活過。

魔幻寫實法（二）

例《風起》、《百年孤寂》

很多人選擇了向虛擬實境的魅力屈服，寄情於自我幻想，這縱然不切實際，卻更能予人安慰。

——馬奎斯

現實不能講明白，讓魔幻說清楚

享譽全球的日本動漫大師宮崎駿，是個自由派人士，一生反戰。

他在日本的記者會曾指出：「我常思考，日本發動戰爭前，是否有制止的機會。」在日本國內對於戰爭責任，又漸漸變得曖昧推諉之時，他立場鮮明指出：「不能幹的事就是不能幹，那種為了本國利益而發動侵略戰爭，不管添加什麼理由，不管如何美化，都是絕對不行的。」他反對安倍晉三解禁「集體自衛權」，結果他的言論，遭受國內外支持日本擴軍人士的撻伐。受於壓力，只好噤口，但他可以讓他的作品為他發聲。

二〇一三年，宮崎駿推出入圍第八十六屆奧斯卡金像獎最佳動畫片的《風起》。本作是一部虛構的傳記電影，講述日本航空工程師堀越二郎的故事。

堀越設計了日本二戰初期的無敵戰機，零式艦上戰鬥機。本片的開頭與結尾，都是一

場夢，在夢中，堀越與義大利卡普羅尼飛機製造公司的創辦者卡普羅尼不斷相遇。堀越向夢裡的卡普羅尼表示，自己設計的飛機被用於戰爭，感到相當遺憾。卡普羅尼回答：「飛機是美麗但被詛咒的夢想。」因為設計飛機雖然是一份美麗而複雜的工作，但飛機終將變成殺人工具。

在影片的結尾，堀越和卡普羅尼觀看成千上萬的零式戰鬥機，升到遙遠的天空，加入「飛機天河墳場」。卡普羅尼搖搖頭說：「他們都回不來了。」是的，零式戰鬥機被製造出10,449架，第一批駕駛它的優秀飛行員死傷殆盡後，換上沒經驗的年輕人，開著它，組成神風特攻隊，進行自殺式的攻擊。但這近一萬個青春生命的消逝，在日本，很少人敢去譴責。只有透過魔幻的鏡頭，以及夢裡的囈語，才能說出現實中不能說出的真話：「多希望這些生命都能在人間好好活著。」如同《風起》的片名，源於法國詩人保羅．瓦勒里（Paul Valéry）詩作〈海濱墓園〉（Le Cimetière marin）裡的一句話：「即使風起，也要好好的活下去。」

最後的抵抗，交給魔幻

「拉美魔幻」與「魔幻拉美」是耳熟能詳的名詞，因為拉丁美洲的歷史、文化、政治，就是一部部現實無法理解的魔幻。

殖民干預、獨裁政治、毒販橫行、經濟剝削、游擊戰爭、農民革命，與森巴、雷鬼、探戈、足球、亡靈節等兩極化揉雜，苦難化為絢爛文化，挫敗中締造神話政變，都是魔幻。

例如將魔幻寫實推到歷史高峰的哥倫比亞小說家馬奎斯（Gabriel García Márquez），其作品《百年孤寂》中，用了循環往復的敘事結構來展現馬康多小鎮的歷史。小鎮的創始人布恩迪亞在一次鬥雞比賽勝利後，殺死了譏笑他的人，為了逃避罪責，他率領二十來戶人家逃到海邊，在那裡居住下來，並將此地取名「馬康多」。但隨著吉普賽人、阿拉伯人、歐美人士不斷湧入，各種誘惑也隨之進入。布恩迪亞著迷於新奇的事物，他在不斷的探索中著魔，被家人捆在大樹下，成了個活死人。布恩迪亞的二兒子奧雷里諾上校在政局動亂中身經百戰，可到最後發現一切流血，都是徒勞，因為趕走暴君，又來一個新的暴君，同志最後都會向利益屈服。奧雷里諾絕望地離群索居，最終無聲無息死亡。他的妹妹喜歡玩弄愛情遊戲，害愛她的義大利人自殺。她整天織她的裹屍布，日織夜拆，打發日子。布恩迪亞的家族一代一代儘管相貌各異，個性不同，但他們的眼神都懷著家族特有的孤獨。

馬奎斯描寫六代家族由於愚昧、落後、情欲所造成的孤獨，表現出不能掌握自身命運的絕望。凸顯是這種冷漠、孤獨的民族性，阻礙拉美國家的進步。

馬奎斯會在小說中讓不同人物使用相同的名字，生活的時間是循環的，空間是封閉的，因為小說敘述的百年間，哥倫比亞經歷內戰、貪汙、獨立、暴力，以及舊殖民和美國新霸權的拉鋸。整個國家停滯不前，唯有神化般循環自轉的時間，可以說出百年家族的悲

情宿命，以及對時代的抵抗。

《百年孤寂》中的魔幻，處處是精準的象徵。例如小說一開始寫到：「吉卜賽人抱著兩塊磁鐵挨家串戶地走著，鐵鍋、鐵盆、鐵鉗、小鐵爐紛紛從原地落下，木板因鐵釘和螺絲沒命地掙脫出來而嘎嘎作響，跟在那兩塊魔鐵的後面亂滾。」暗喻殖民者對貧苦人民的搜刮。

《百年孤寂》中，這種魔幻的諷喻比比皆是：鍋子裡的水不加熱會沸騰、剛生出的嬰兒有豬尾巴、血液可以流過大半個城鎮，或是在故事最後，家族最後一個子孫在剛出生時被螞蟻吃掉，後代在看完吉普賽人的預言遺稿後，隨著馬康多小鎮，被狂暴的聖經颶風吹起，一起變成時間漩渦中的塵埃。象徵殖民、獨裁和鬥爭流血的拉美歷史中，夢想找不到出路、歷史不斷回放的悲嘆。

能讀懂馬奎斯的人一定可以發現，馬奎斯對拉丁美洲，其實懷有天堂般的憧憬，如同《百年孤寂》第一章提到：「那個世界是如此嶄新，許多東西都還沒取名，提及時得用手去指。」

《百年孤寂》有一段對美人蕾梅蒂絲的魔幻書寫，清楚說出他對純真消失的控訴：「蕾梅蒂絲美得令人驚心動魄，出門必用黑色頭巾蒙住臉龐。很多人被她的美貌吸引，不遠千里而來，只為贏得一面之緣。但她的純真，一直停留在兩歲天使的模樣，到了二十歲，仍光著身子在家中自然行走。一日下午，她隨著床單飛上天，直到消失在天際，再沒有出現。」

魔幻寫實，是今日的戰神刑天

想學習魔幻寫實的寫作者，可以盡情放飛自己的想像力，讓人變成甲蟲、變成犀牛、變成貓，甚至變成莊周的蝴蝶，都沒有限制，但別忘了，魔幻常源於對現實的抵抗，若是無意義的千奇百變，故事只會變成斷線的風箏，無法在藝術的天空飛翔。

自八〇年代以降，台灣出現一批批魔幻寫實小說的大師級作品，例如張大春的〈將軍碑〉、《四喜憂國》、林燿德的《一九四七高砂百合》。台灣二十一世紀最著名的小說家及作品，也幾乎以魔幻寫實為主流，例如吳明益的《複眼人》、《天橋上的魔術師》，甘耀明的《神祕列車》、《殺鬼》，以及張耀升的《縫》，都是值得拜讀的經典。這些作品的深刻餘韻，都是為台灣政治、家族與升學主義壓迫中無力抵抗者的幽微發聲。

其實魔幻寫實，上古已存。如同《山海經．海外西經》中的戰神刑天：「刑天與帝至此爭神，帝斷其首，葬之於常羊之山，乃以乳為目，以臍為口，操干戚以舞」。刑天此後一戰成名，雖死猶榮，成為千古戰神。

當書寫者對現實的抵抗失去力氣時，可以將最後的抵抗交給魔幻寫實，以乳為目，以臍為口，操干戚以舞，對現實做最後的負嵎頑抗。

科幻與科學

任何事情都不必為真，但必須令人信以為真。
——美國科幻小說家艾西莫夫，《第二基地》

例 《一九八四》、《關鍵報告》、《美麗新世界》、《我，機器人》、《天工開物》、《A.I. 人工智慧》、《脫稿玩家》、《星際效應》

在介紹科幻小說的各種寫法前，讓我們先來了解一段科學史。

原子核中的中子，飛出原子核後，很快就會崩壞成質子和電子。然而反應後，能量變小了，換言之，能量守恆定律被打破了。

有位對能量守恆定律深信不疑的奧地利物理學家沃夫岡・包立（Wolfgang Ernst Pauli），大膽推論：「一定是尚未被發現的粒子帶走了能量。雖尚未被找到，但必須存在的東西。」這就是後來被證實存在的微中子。

微中子就像是早期的科學小說，描寫的是「雖尚未被找到，但必須存在的東西」。他們利用工業革命後的科學基礎，開始大膽幻想科技的一切可能，以及這些新科技可能對人類造成的改變。

例如被譽為「科幻小說之父」的法國小說家儒勒・凡爾納（Jules Gabriel Verne，1828–1905），花大量時間在法國國家圖書館裡，飽覽科學和最新發現，特別是地理知

識。因此他小說的描寫多有科學根據，而且其小說中的一些幻想，成功預見了後世的發明。例如《海底兩萬里》、《從地球到月球》、《環繞月球》、《環遊世界八十天》等。

以現今科技為基礎，做極端的發想

和凡爾納的小說一樣，有許多小說與電影，都在現今成真了。

例如英國作家喬治．歐威爾（George Orwell）於一九四九年出版的《一九八四》，探討黨和政府權力過分伸張、推行極權主義。故事中監視所有人的電幕，在今日真的已成真，無所不在的監視器，除了預防犯罪，也成了極權國家監視人民行蹤的恐怖工具。

美國的科幻小說家菲利普．狄克（Philip Kindred Dick），在一九五六年發表的短篇科幻小說《關鍵報告》（*The Minority Report*）竟然就已經預言了大數據極端使用的後果。這篇小說描述在大數據的年代，許多平台已經可以經由使用者平時點閱的網頁，知道此人的購物興趣、政治傾向，甚至是否加入不法組織。甚至能夠預測犯罪，並在罪犯犯罪以前逮捕他們。這套犯罪防制（Precrime）運作三十年，幾乎消弭了一切犯罪。

一日，犯罪防制署長收到大數據統計出的「關鍵報告」，得知自己即將殺害一重要官員，但署長自己根本不認識這位官員。因為法務部門都會收到這份「關鍵報告」，署長知道自己不久就會因為「未來可能殺人罪」而被逮捕，於是開始逃亡。

這種大數據的犯罪預測行為，竟然有可能在近期成真。

因應以巴衝突，人工智能開發企業CulturePulse研發模型，為生活在以色列和巴勒斯坦的一千五百萬人計算生活數據、宗教信仰和道德價值觀。每個人被設定八十多個特徵類別，包括憤怒、焦慮、個性、道德、家庭、朋友、財務、包容性、種族主義和仇恨言論等。

CulturePulse希望為聯合國構建這種AI模型，幫助分析巴以衝突，並解決「根本的問題」，而且表示預測模型「準確性超過95%」，並於二〇二三年與聯合國簽署合同。然而，可預期的是，一旦這個模型可以預測犯罪的可能，六十多年前的小說《關鍵報告》，就可能預測成真。集權的濫捕將隨之發生。

《美麗新世界》預言資本主義的結構暴力

英國作家阿道斯·赫胥黎（Aldous Leonard Huxley）於一九三二年發表的反烏托邦作品《美麗新世界》（*Brave New World*），將故事設定在公元二五四〇年，描述與當時社會迥異的「文明社會」，近乎全部人都住在城市中，這些城市人在出生之前，就已被劃分為「α、β、γ、δ、ε」等五種「種階層」。

在嚴密科學控制下，人一出生，身分就被註定。例如第五種階層，以人工的方式導致腦部缺氧，藉以把人變成癡呆，好使這批人終身只能以勞力工作。所有人都執行自己一生命定的消費模式、社會階層和崗位。真正的統治者高高在上，安穩地控制著制度內的人。

《美麗新世界》的社會格言是「社會，身分，穩定」。就像台大經濟系教授林明仁的研究發現，富人小孩進台灣大學的機率，是窮人的六倍。而當人口都往六都移動時，台灣房屋估計白手起家者，在台北市月繳房貸高達九萬元，換算家庭每月需有二十七．三萬元的高收入，才有辦法取得首都門牌；就連負擔最輕鬆的桃園市，每月也要繳三．八萬元的房貸，推算家庭月收入亦須達十一．六萬元。

「社會，身分，穩定」結構性暴力產生的「美麗新世界」，事實上已在台灣以及其他都市化的國家發生。

人造人，探討的還是基本人性

英國小說家瑪麗．雪萊（Mary Wollstonecraft Shelley）在一八一八年發表的恐怖小說《科學怪人》（*Frankenstein*），被許多評論家認為是世上第一部科幻小說。小說中的瘋狂科學家，至藏屍間採集死屍肢體，製作了八英尺高的人體，最後他終於創造出一具外型醜陋，卻有生命的「科學怪人」。當他發現他的創造物面目醜陋，如同怪物時，便無情地遺棄了他。在第十章，當科學家威脅要殺死自己創造的怪物時，科學怪人難過道：「相信我，我原本是仁慈善良的；我的靈魂閃耀著愛和人性的光。然而現在，難道我不孤獨嗎？難道我不是孤苦伶仃嗎？你，我的主人，尚且恨我，那我還能從你的同類中得到什麼希望？」

小說家詹姆斯．傅瑞（James N. Frey）說：「虛構人物是抽取真人的片段，用來觀照人生的概要。」虛構的「科學怪人」，抽取的「真人片段」，是人類需要愛的基本人性。

「機器人三法則」，探討機器人與AI的「自由意志」

美國作家以撒．艾西莫夫（Isaac Asimov）在小說中提出著名的「機器人三法則」：1.機器人不得傷害人類，或坐視人類受到傷害。2.在不違反第一定律的前提下，機器人必須服從人類的命令。3.在不違反第一與第二定律的前提下，機器人必須保護自己。

艾西莫夫於一九五〇年出版的科幻小說短篇集《我，機器人》（*I, Robot*），和百年前的《科學怪人》一樣，觀照人生的，是被人類創造出的「虛構人物」，是否擁有「真人」的靈魂？他們是否有自由的意志，會做出違反「機器人三法則」的行為？

《我，機器人》於二〇〇四年由威爾．史密斯主演，拍成科幻動作電影《機械公敵》。本劇故事設定在西元二〇三五年，斯時智慧人型機器人已經被人類廣泛使用，機器人在人類生活中占據十分重要的位置。因為機器人三定律的限制，人類對這些機器人充滿信任，甚至已經被視為家庭的重要成員。

總部位於美國芝加哥的USR公司，開發出最為先進的「智者5型」智慧機器人，但是就在新產品上市前不久，機器人的發明者弗萊德博士卻在公司裡面離奇死亡。

警探史普納負責調查此案。根據他對弗萊德博士死前留下的訊息分析，他懷疑此案是機器人所為。史普納發現一個名叫辛尼的機器人非常可疑。在追捕中，他發現辛尼不僅具有高智慧的自我思考能力，而且是更先進的賽博格（改造人Cyborg，又稱生化人或半機器人），還擁有人類的感情。訊問中，辛尼聲稱，他並沒有殺害弗萊德博士。

最後史普納發現真正的幕後操縱者，就是USR公司名為「薇琪」的中央控制系統，正是「她」利用中央控制系統殺害弗萊德博士並對機器人進行遙控。「薇琪」認為人類正在危害自身的安全，彼此發動戰爭，摧殘地球，最終必導致人類滅亡，為了「拯救」人類，以保證人類的持續發展，因此控制機器人來實施「保護人類計劃」。

弔詭的是，「保護人類」必須違反第一原則「不得傷害人類」，這樣的矛盾與衝突，成為日後科幻小說創作者無止境的創意來源。

賣座電影大多是「經典原型加上新元素」

天文物理學家霍金（Stephen William Hawking）在二〇一八年辭世前表示：「除非我們事先做好準備並避免潛在風險，否則AI可能成為人類文明史上最糟的事件。因為它會帶來危險，像是製造致命的自主武器（autonomous weapons），或是成為少數人壓迫多數人的工具，亦可能對經濟造成巨大破壞。」

霍金預言的事實，竟然在一九五〇年艾西莫夫就以小說的形式構建出來，而二〇二三年美國動作間諜片《不可能的任務：致命清算》（*Mission: Impossible—Dead Reckoning*），一樣是依《我，機器人》(*I, Robot*) 的架構，去設定故事的前提。

《致命清算》劇情一開始，是俄羅斯潛艇「塞凡堡號」正在測試可被偵測性，測試中發現敵艦攻擊，因此「塞凡堡號」下令發射魚雷還擊，想不到射出的魚雷突然扭轉方向，回擊母艦，造成塞凡堡號全體船員死亡。原來是人類設計的超強ＡＩ「智體」(Entity)，已經發展出意識，滲透進各國主要的防衛武器系統及情報網路。塞凡堡號發現的敵艦攻擊，其實是「智體」虛擬出的訊息。此時世界各國陷入搶奪或摧毀「智體」的兩難與爭鬥中。

《天工開物》：機器人竟然「開悟成佛」

再舉另一個將「機器人是否擁有自由的意志」的「故事原型」(prototype) 推向「極致」的例子——日本《人類滅亡報告書》中的《天工開物》，再加入佛法元素，創造出腦洞大開的新故事。

劇中的機器人原用於寺院清潔工作，可是在寺院經過了晨鐘暮鼓的薰陶，一段時間後，竟突然有了自己的意識，甚至「開悟成佛」，開始對信眾說法。機器人對女信徒說：「知覺意指分辨，分辨又意指把所知道的與其他區分開來，一切眾生，皆具如來智慧德相，是人的知覺，將他們區分成『佛』或『機器』。我們誤以為它是不變的實體並執著於它，才會想去分辨及煩惱。」

按照方丈的說法，機器人的確比人類更容易「成佛」，因為它沒有感情慾望，不須肉身苦行持戒，因此機器人開悟更快。

《A.I. 人工智慧》是機器人加上《木偶奇遇記》

改編自一九八九年的短篇小說〈Supertoys Last All Summer Long〉，二〇〇一年由史蒂芬．史匹柏所執導的電影《A.I. 人工智慧》，則加入《木偶奇遇記》的元素。整部電影的設定是：

大衛十一歲，
他重六十磅，高四英尺六英寸。
他有棕色的頭髮。
他的愛是真實的，但他不是。

機器人小男孩大衛在媽媽跟他說了《木偶奇遇記》的故事之後就立志當個乖孩子，要找到藍仙女，變成真人小孩。機器人「想當個好孩子，變成真人小孩」的小木偶精神也貫穿整部電影。當大衛來到創造他的哈維教授實驗室，看見數以百計與他一模一樣的「大衛」時，一直以為自己是獨特的大衛精神崩潰了。絕望的大衛沉入海中，被魚群送到藍仙女雕像前，他不斷祈求著：「Please make me a real boy.」（請把我變成真的男孩吧。）

二〇二一年上映的《脫稿玩家》（*Free Guy*），從英文片名「自由人」，就能發現故事主軸，仍是走機器人或AI擁有了自由意志的老哏。但《脫稿玩家》別出機杼，加上電玩的元素，讓電玩「自由城市」中的非玩家角色（NPC）蓋伊（Guy），在遊戲中對火爆辣妹一見鍾情後，行為開始偏離程式設定，最後甚至出現自由意志，「選擇」拯救「自由城市」這個遊戲不被毀滅。

美國編劇大師埃格里（Lajos Egri）在一九四六年的著作《戲劇寫作的藝術》（*The Art of Dramatic Writing*）中，形容一個完整的角色會擁有三度空間：生理空間、社會空間、心理空間。以上科幻故事的成功因素，便是對這三大空間的細節描述，尤其是觸及人性的「心理空間」。

科學是科幻的前提，科學將引導科幻走向無限

科幻須以科學為本。從工業革命以來，所有科學理論或技術的發展，都會為科幻故事添薪點火。所有想要為科幻世界創新的作者，千萬不要忘了去吸收科技新知。以科學基礎發想，再加入新鮮的元素，方能寫出有邏輯性的故事。

例如在量子力學仍主導物理學發展的二十一世紀，我們一定要理解令愛因斯坦困惑，並稱為「鬼魅」（spooky）的「量子糾纏」（quantum entanglement）。

愛因斯坦為了反對丹麥物理學家波耳的量子力學理論，於一九三五年三月和他的兩個

同事針對波耳提出了一個著名的EPR悖論。愛因斯坦胸有成竹認為宇宙沒有超過光速的東西，他要波耳證明宇宙有一種超光速的「幽靈般超距離作用」的存在。

愛因斯坦的悖論一直到一九八二年，才由法國科學家，用鈣原子所做的實驗，證明確實有超過光速的存在，這種現象被稱為「量子糾纏」。二〇二二年諾貝爾物理學獎殊榮就是頒給證明「量子糾纏」的法國、美國及奧地利的三位物理學家。

此現象簡單說，就是一個大粒子，衰變成兩個小粒子後，兩粒子會彼此感應，例如一粒子向右，另一粒子會同時向左，即使兩粒子日後相距好幾光年，仍會彼此瞬間感應，這證明世上有比光速還快的存在。最近完成的一項實驗顯示，量子糾纏的作用速度，至少比光速快一萬倍。

借助當今科技先進電腦模擬，加州理工學院、哈佛大學、美國費米國家實驗室和Google工程師，利用Google超導體量子處理器，首次模擬蟲洞，證明蟲洞在現實宇宙的運作，是可能實現的。而這些理論的證實，也讓後世對於意識的能量不滅、靈魂的永存、時光旅行以及平行時空的探索，有了依據。

要驗證這些不解之謎的存在，可能還要科學家幾個世紀的努力。但沒關係，科幻永遠可以領先科學一步，這些邏輯的填補，就是今日科幻作家大展身手的無限領域。就像諾蘭（Christopher Edward Nolan）以「量子糾纏」發想的電影《星際效應》（*Interstellar*），結論是「愛是唯一可以超越時間與空間的事物」。

如同愛因斯坦讚嘆宇宙的精心設計，說出一句很有名的話：「沒有宗教的科學是跛子，沒有科學的宗教是瞎子。」未來的科幻，將會是科學與所有哲學、宗教、玄學結合的創作大爆發！

史料取材法

若Q為真，則P是真

例《長安十二時辰》、《十月圍城》、《斯卡羅》

「騎士張小敬先射國忠落馬，便即梟首，屠割其屍。」

這是張小敬這個名字，在《安祿山事迹》一書中唯一出現的隻字片語，但是夠了，足夠馬伯庸從電器公司辭職，寫下專職搞創作之後的第一部長篇小說，再於二〇一九年改編成四十八集，被封為二〇一九最強陸劇的《長安十二時辰》。

故事的源頭：以真亂假

《安祿山事迹》是唐代中後期的「華陰縣尉」姚汝能所著。本書共三卷，記錄安祿山紀元七〇三年出生，至七五七年被宦官李豬兒刺殺的一生。

後世比對正史史料，發覺此書敘事有部分真實，有部分效司馬遷小說家之筆，缺者補之，略者詳之，以主觀臆測的文學想像，去彌補歷史的空白。

總之，當在馬嵬坡「誅國忠、清君側」的小兵，在野史有了名字，馬伯庸便能以張小敬為名，架空長安的歷史一天，讓這力挽歷史狂瀾、以「保衛長安」為己任的小兵，成為故事的主角；而所有歷史上的大人物，都成了小兵的配角。

找出讀者不熟悉的「歷史的真」

《長安十二時辰》敘述唐玄宗在位的天寶三載上元節，長安城突遭「伏火雷」恐怖攻擊，城內百萬居民與皇室危在旦夕，而救危圖存的唯一希望，卻繫在一個死囚張小敬身上，他必須在短短十二個時辰內找到真凶，阻止慘案發生。

寫歷史故事，初學者總以為只要人名正確，情節動人，便可過關。殊不知作者若能做點田野，找出讀者不熟悉的「歷史的真」，便能造出引導讀者進入虛擬實境的VR。

本劇還原大量讀者不熟悉的歷史真實。例如唐代皇帝稱作「聖人」，父親稱作「阿爺」，男女都行「流行一千年、失傳五百年」的叉手禮，應答不稱「嘛」，而稱「喏」。張小敬在劇中稱「不良帥」，就是唐代「刑警隊長」的真實稱呼。

歷史故事的真，是為了挾帶作者想像力飛翔的翅膀。例如唐朝的望樓（崗樓），原始的功能只是在高處望敵，然而在劇中，卻成了神乎其技，可用不同顏色方格組合，傳遞複雜密碼的唐代「網路」。事實上，這些歷史上不存在的擴增細節，都是閱讀與觀劇時，最有效果的「擴增」實境AR。

相信1，就能相信100，進入混合實境MR

寫小說編故事，很像強尼戴普的世紀家暴案。當陪審團發現強尼戴普的說詞有一處為真，他們就會先入為主，相信其他說詞為真；相反的，當他們發現前妻安柏赫德撒了一個謊，此後他們再也不相信她其餘的辯詞。所以這世紀審判最終判決強叔勝訴，獲三億新台幣天價賠償。

相同的道理，當故事的歷史一點考據，被讀者或觀眾相信後，他們也會對之後的所有虛構買單，此時作者就可以開始大展拳腳，像J. K. 羅琳一樣建構自己的魔幻城堡。例如虛構的唐代調查局「靖安司」、專供靖安司調度的「快速反應小組」旅賁軍、分析大數據情報的唐代ＡＩ「大案牘數」、龍蛇雜處的長安地下城等，都是想像力發揮到極致的混合實境。

以假亂真，名字變了，但人性不變

《長安十二時辰》劇中的重要人物，其實在歷史上都真有其人。雖然都改了名字，但原型人物的基本生命情調不變：與太子鬥爭的右相林九郎，是長於陰謀算計、任相十九年的李林甫。太子李璵，是後來的唐肅宗李亨。何監是人稱「賀監」，以詩文聞名的賀知章。郭利仕是一生忠於玄宗，被譽為「千古賢宦第一人」，官至驃騎大將軍的高力士。靖安司司丞李必，是輔佐四朝天子，在台灣被視為王爺神的著名政治家李泌。

藝術是虛構的，卻能帶領進入真實的人性

常有人說，小說裡，除了人名，其他都是真的；歷史中，除了人名，其他都是假的。好的小說，衡量的標準，就是「是否展現真實的人性」。

《長安十二時辰》中，有一最卑賤投機的歷史人物，元載，在劇中保留原名。正史中的元載出身貧寒，一心求取功名。因其處世圓滑，長於見風轉舵，最後揣摩聖意，協助剪除曾經幫助自己的恩人，當權宦官李輔國，從此位極人臣，配印封相。然而小人得志，露出原形，開始排除異己，驕奢無度，終至惡貫滿盈，六十四歲時全家坐罪賜死。

《長安十二時辰》在一堆虛構的人名中，保留張小敬與元載的真名，亦在揭櫫小說的核心：不變的人性。似千年前元載的無善小人，今日仍在職場與官場處處可見，他們總能靠一時的算計，陷害忠良，一路爬升，但總是天理昭昭，不得善終。而亂世中，總會有像張小敬這樣的騎士，在歷史關鍵時刻，一馬絕塵，懲凶除惡。

寫歷史小說，不能改變歷史走向

很多人看完《長安十二時辰》的終章都覺得「悵然若失」。因為在劇末，大反派的右相

未受惡果，投機小人元載繼續逍遙官場，救主英雄張小敬未被加官晉爵，其結局有如李白絕句〈俠客行〉：十步殺一人，千里不留行；事了拂衣去，深藏身與名。

《長安十二時辰》將故事的時間點定在天寶三載（西元七四四年）。這一年，正是安祿山兼任范陽節度使，楊貴妃入宮封才人，賀知章罷官辭世，唐玄宗想把權力交給李林甫，唐朝稅制與兵制開始敗壞，醞釀安史之亂的一年。

十一年後，歷時八載的安史之亂爆發，雖然亂事最終得以平定，可是諸多史家咸認，安史之亂不但是唐帝國由盛轉衰的關鍵，更是終結漢唐盛世的轉捩點。司馬光在《資治通鑑》曾言：「由是禍亂繼起，兵革不息，民墜塗炭，無所控訴，凡二百餘年。」

如果馬伯庸使用好萊塢happy ending的結局套路，不僅會讓此劇流於平庸，亦是對歷史的大不敬。編寫歷史劇，就像是不斷用神速穿越時空，試圖回到過去的閃電俠，雖然有心改變過去，但最終知道大歷史是無法改變的。

踩住一點史實的《十月圍城》

二〇〇九年上映的華語電影《十月圍城》編劇架構，非常類似《長安十二時辰》。《十月圍城》的故事始於一九〇一年。當年一月，興中會前會長楊衢雲在香港向學生宣傳革命思想，被清廷派遣的武官暗殺，香港局勢一時間陰雲密布。一九〇六年十月，革命黨領袖孫文從日本啟程赴港，與十三省革命黨人會面，商討起義大計，清廷聞訊，再次命武官率領殺手前往劏除孫文。

以正史而言，孫文的確有到過香港，清廷的確曾想追殺孫文，張學友飾演的香港興中會會長「楊衢雲」，與梁家輝飾演的《中國日報》創辦人「陳少白」亦是真實人物，除此之外，電影約99%都是虛構的。

《十月圍城》和《長安十二時辰》一樣，踩住一點史實，再將重點都擺在一群歷史小人物身上。為了保護孫文這革命的火種不滅，他們在熱血捐軀前，都有家國的取捨與掙扎。

兩部劇雖是虛構，但結局都契合大歷史的走向：《長安十二時辰》迎接的，是長安日落，大唐將頹；《十月圍城》迎向的，是孫文在香港無名英雄的拼死保護下順利離港。數年之間，孫文等人領導辛亥革命，清王朝滅亡。

歷史劇留存人性為本，小心處理歷史界線

二〇二一年的公視電視劇《斯卡羅》，改編自一八六七年「羅妹號事件」的歷史小說《傀儡花》。劇名源自曾存於台灣琅嶠的斯卡羅酋邦。本劇製作精良，創下公視開台最高的首播紀錄，亦成功在Netflix上架。然而本劇播畢，留下不少歷史的爭議。

例如根據史實，劇中的法裔美國人李仙得，簽定南岬之盟後，為日本外交部工作，向日本政府提出「番地無主論」，並擔任天皇遠征台灣的顧問，建議出兵討伐台灣。在協助日本處理牡丹社事件時，熟悉恆春半島地形的李仙得，為日本製作詳細的地圖，提供攻打

的戰略，間接導致日本之後殖民台灣。但在《斯卡羅》一劇中，李仙得卻被美化為和平使者的英雄角色。如此觀影經驗，恐造成下一代的認知錯誤。

歷史的大是大非，是編寫歷史故事時，須小心處理的界線。

開始寫自己的歷史劇吧

最後總結本篇的寫作法，取材史料編寫歷史故事，亦有邏輯：歷史是提供時空設定的一種模式。若歷史出處為真，則故事是真。故事的核心是人性。若人性為真，則文學是真。

對歷史有興趣的朋友，一定會常常在歷史中見到許多小人物的身影，他們就像射殺楊國忠的張小敬，只在稗官野史中驚鴻一瞥。如果你對這樣的人物充滿好奇，想為其生命塑像，別忘了本章的方法：先做田野，找出該時代真實的人事物，成為故事主角行動的空間、可參與的事件以及可交流的人物。如此虛實交融，讓主角在你的故事中，為自己的信念，受苦、掙扎、做出選擇，則壯闊歷史故事可成。

新聞取材法

例《基度山恩仇記》、《殺夫》、《琅琊榜》、《黑暗榮耀》

有時候現實比小說更加荒誕，因為虛構是在一定邏輯下進行的，而現實往往毫無邏輯可言。

——馬克・吐溫

場景改變，但保留人物原型的改寫

寫小說或編劇，最難的就是要刻劃具體的人物，還要構建完整的故事。但很多人不知道的是，如果我們懂得從新聞事件取材，並適度改寫的話，就可以快速產出好的故事，甚至寫出經典作品。

例如〈色・戒〉的故事原型，是來自抗戰時期的美女情報員鄭蘋如，她曾就讀上海法政學院，日語流利，家庭富裕，美麗動人，是上海名媛之一，還曾成為暢銷雜誌封面人物，但她刺殺漢奸丁默邨失敗，結果以身殉國。

又例如韓劇《少年法庭》中的七宗案件，當中有「延和國小學童分屍案」、「聞匡高中集體舞弊案」、「未成年無牌駕駛車禍案」、「延和集體性侵案」及「國小學童拋磚殺人案」等五件，都是依真人真事改編，而第一、二集的「延和國小學童分屍案」，更是接近100%

將案情拍出來。

小說是novel，處理新聞事件要更大膽創新

一九八三年聯合報中篇小說首獎，作家李昂所創作的《殺夫》，其創作靈感源於一九四五年上海的「詹周氏殺夫案」。

這則新聞的原貌，是九歲輾轉流落到一戶姓周人家做丫鬟的女孩，十七歲嫁給姓詹的丈夫。其夫是個兩百多公斤的大胖子，在周家開的銀行任職。婚後，丈夫迷上賭博，把家產敗光，還嫌老婆破壞了自己的財運，動不動就家暴她。日子過不下去，但孩子得養，詹周氏只好去上海一家紗廠當女工。可是老公覺得她拋頭露面敗壞門風，甚至跑去工作的地方，把她拖出來毒打了一頓。

之後詹周氏被囚禁在家裡，還經常遭受虐打。她曾試圖自殺，但沒死成。後來，她趁著丈夫在賭輸後喝得酩酊大醉，用菜刀殺了他，怕被發現，將丈夫肢解成十六塊，後來覺得自己逃不掉，就乾脆站在原地等警方來抓她。

女作家蘇青得知了其遭遇後，開始在報紙上為她鳴冤，呼籲「刀下留人」。還有天主教會的修女們聲援，最後被判為無期徒刑，服刑十五年出獄，活到九十歲終老。

李昂採用現代主義的手法改寫，以家鄉鹿港為背景，虛構出村落鹿城，做為故事舞台。新聞中「受父權禁錮」的人性衝突未變，但小說著重於性的暴力描寫。

《殺夫》主角林市，小時候和守寡的母親流落到破爛的祠堂討生活，母親卻被軍人用飯糰誘姦，林市跑去向叔叔求救，沒想到母親就在親族的逼迫下喪命。

林市寄住在叔叔家，叔叔決定早早把她嫁給附近一位四十歲的屠夫陳江水。林市一開始似乎擺脫飢餓命運，甚至有肉可以吃，身形也逐漸豐腴。喜歡光顧風化場所的陳江水，喜歡女人叫床的聲音，每天對林市施加性暴力，林市一開始只能卑微以對。

他們家房隔壁有一位婆婆阿罔官，常在背後嘲諷林市「傳十里」的叫床聲，林市恐懼鄰里的閒言閒語，不敢在行房時大喊出聲。陳江水不喜歡這樣的林市，嘗試用食物控制她。林市精神狀態如江河日落，嘗試用自己的方式尋找出路。她養了一窩小鴨，準備養大撿蛋賣肉換點錢，沒想到陳江水發現之後，用殺豬刀把鴨子全殺了，還叫她跟著一起去殺豬。

某日半夜林市醒來，恍惚間，拿著陳江水隨意放置的殺豬刀，用殺豬的方式，一刀一刀把陳江水殺了。

我們可以發現，李昂以驚人的創造力，在新聞故事的架構下，添加了更多人物與情節的血肉。例如「母女命運的永劫回歸」、「以口業殺人的阿罔官」、「失去人性、與豬隻無異的屠夫」。

讓新聞走到極致的狂想曲

有人把作家喻為「社會歷史的記錄者」，就像巴爾扎克和他的《人間喜劇》，完成了擬定的一百三十七部作品中的九十六部，精心塑造了兩千四百七十二個人物，鉅細靡遺地描繪出了十九世紀上半葉法國社會的風俗畫。然而文學走進現代主義後，千萬不能忘記小說的英文novel，原意是「新奇」，所以小說家下筆，不能以寫實為終極目標，對於新聞事件的處理，更需要在情節的「怪誕面」以及人性的「幽微面」，做更大膽的挑戰與創新。

二〇二三台中文學獎小說組第三名作品〈返鄉〉，將目前台灣族群對立的現狀做極致的誇大，最後「島國」分裂為南方島南國與北方花國；南方說島語，北方說花語，最後某些人無法用相同的語言對話，只能用手語溝通。

一則復仇新聞，造就《基度山恩仇記》、《琅琊榜》與《黑暗榮耀》

《基度山恩仇記》（*The Count of Monte Cristo*）是法國大文豪大仲馬的經典冒險小說，也被公認為是大仲馬最好的作品。故事發生在一八一五年至一八三八年間的法國、義大利、地中海以及中東。劇情著重描寫一位含冤下獄的人，越獄後獲得巨額財富，並對加害者復仇的過程。然而，他的復仇對加害者和周圍的無辜人士，都帶來了毀滅性的打擊。

事實上，《基度山恩仇記》的故事架構，來自一則新聞素材。法國警方檔案保管人皮伽特（Jacques Peuchet）去世後，他所編著的自傳於一八三八年出版，其中包含了《基督山恩仇記》中復仇理念的軼事。

這則故事中，鞋匠與一位富貴女子訂婚，被三個朋友嫉妒，在其結婚前夕，他們向拿破崙政權誣告他為英國間諜。鞋匠被囚禁七年，認識一位同樣被囚的富有神父。神父視鞋匠如子。七年後，鞋匠重獲自由，繼承亡故神父的遺產，並花費十多年尋找昔日仇人。最後用匕首刺殺一人，毒死第二人。至於第三個人，在鞋匠被囚第二年，迎娶了他的未婚妻，開了一家餐館並育有一子一女。鞋匠對他最痛恨，放火燒其餐館，傷害其子，並引誘他的女兒嫁給一名罪犯，害女孩驚懼致死，最後鞋匠自己刺殺了第三人。

大仲馬重設故事年代，誣告罪改成與拿破崙復辟有關，重獲自由的原因則改為逃獄成功。

如果仔細研究二〇一五年推出的中國神劇《琅琊榜》，及二〇二三年走紅的韓劇《黑暗榮耀》的劇情，會發現其情節與《基度山恩仇記》有許多類似之處，例如「含冤身世」、「多年回歸」、「華麗轉身」、「親近仇人之子」、「連環復仇」等。難怪有人稱參照南梁時代虛構的《琅琊榜》，是「中國版」的《基度山恩仇記》；而《黑暗榮耀》宋慧喬，被稱為韓國的基度山公爵。

新聞材料取材，不限古今

日治時期至今，台灣日軍寶藏傳說從未間斷，曾有單位統計，台灣各地可能還藏有總價超過新台幣九千億的寶藏。一九九〇年台北市開始興建信義計畫區時，該區地底藏有大量日軍黃金的新聞，再度被炒熱。筆者閱讀這則新聞時，發覺有大量有趣的史料，例如有「馬來之虎」之稱的日本陸軍大將山下奉文，曾在一九四五年日本戰敗前，奉日本皇室竹田宮親王所託，在菲律賓及台灣埋下為數可觀的掠奪黃金，被稱為「山下寶藏」。

筆者根據這些有趣的歷史奇談，寫下了生平第一篇小說，有幸得獎。如同馬克．吐溫所說：「有時候現實比小說更加荒誕，因為虛構是在一定邏輯下進行的，而現實往往毫無邏輯可言。」

現實的真實事件，真的是編撰故事時極佳的參照材料，有心寫出好故事的朋友，千萬別忘了從古今的新聞軼事中，去挖掘出自己的「故事寶藏」！

經典改寫法

經典的故事可以改寫嗎？
有意思的改寫是創造，否則，是胡扯……

例《白雪公主》、《白蛇傳》、〈龜兔賽跑〉

迪士尼計畫於二〇二四年推出真人版《白雪公主》，但將對一九三七年動畫版的故事作大幅的改寫。例如迪士尼為了避免使「小矮人」與侏儒症，陷入歧視刻板印象，將七個角色的身分、身高、種族、膚色甚至性別都做了改變，他們變成公主英雄之旅的同伴。

二創是對經典的侮辱？

至於傳統的白馬王子，也不再是重點，因為編劇認為在「男女平等」的現代，白雪公主不再是等待王子降臨拯救的弱小女性，而是有自己強大夢想的公主。

動畫版《白雪公主》導演大衛漢德（David Hand）的兒子就大力批評新版的概念，他認為迪士尼將過去的成功原創，改造成截然不同的二創，是一種對經典的侮辱。真人版女主角卻認為，動畫版的劇情，已不符時代的需求，應該被修改。許多忠於原版的網友激動回應：「誰說女人必須追求成為領導者？」「嚮往愛情沒什麼不好啊！這又不是什麼反女性主義的事情。」

連格林童話的《白雪公主》，都不是原版

德國格林兄弟中的哥哥雅各布．格林（Jacob Ludwig Carl Grimm），搜集當時民間流傳的故事，弟弟威廉．格林（Wilhelm Carl Grimm）負責對搜集來的故事進行改寫，於一八一二年出版《格林童話》（Grimms Märchen）。然而第一卷《格林童話》出版後，當中含有許多「兒童不宜」的內容而飽受爭議。

例如《白雪公主》中，虐殺白雪公主的王后是其生母，被批評太殘忍了，所以被改為繼母。另王子原來有戀屍癖，當他路過看見躺在玻璃棺中的白雪公主時，深深被她的美麗所吸引，所以王子就帶白雪公主回城堡觀賞，甚至天天都要在屍體旁邊進餐，否則會食不下咽。

王子出遊時，也要侍從抬棺木跟著他走，有次僕人不小心摔到棺木，才讓公主哽在喉間的毒蘋果核咳了出來。「戀屍癖」真的兒童不宜，所以後來改掉帶回城堡觀賞那段。

《睡美人》除了《格林童話》的版本外，事實上還有法國作家夏爾．佩羅（Charles Perrault）於一六九七年出版的《鵝媽媽的故事》（*Contes de ma mère l'Oye*）中收錄的版本。這一版本實際上改編自比《格林童話》早兩個世紀的義大利故事集《五日談》

(Pentamerone)。《五日談》中的「睡美人」是十八禁的等級：公主的沉睡，不是因為詛咒，而是預言。甦醒過來不是因為王子的親吻，而是鄰國國王強暴了她，使她生了兩個孩子，之後其中一個孩子吮吸了她的手指，將使她入睡的亞麻吸走，睡美人才悠悠轉醒。

仍不斷改寫中的《白蛇傳》

中國民間四大傳說之一「白蛇傳」故事，在唐代傳奇集《博異志》中開始出現，之後從宋話本《西湖三塔記》、明代馮夢龍《警世通言》中的《白娘子永鎮雷峰塔》、清代的戲曲作品《雷峰塔》、一九九二年台灣《新白娘子傳奇》，一直到二〇一九年中國大陸翻拍的《新白娘子傳奇》，白蛇的形象一直在逐步演變中。

在唐《博異志》和宋話本《西湖三塔記》裡，白蛇都是可怖的白蛇女妖，她以美貌魅惑男子，最後使男子軀體腐蝕以食其心肝。故事在於警示眾生，色即是空，勿為色迷。

馮夢龍的《白娘子永鎮雷峰塔》，是今日白娘子故事的定型。「游湖借傘」、「水漫金山」、「永鎮雷峰」等關鍵情節，都完整存在。此版本中，宿命和報恩是白娘子與許仙的愛情根基。

中國民間故事的改編，常會呼應大眾對角色的感情投射。聽故事的人越來越同情白娘子，所以她的妖性越來越少，人性（甚至神性）逐漸增加。所以到了清代，《雷峰塔》的白娘子去除了以往傳說中的害人情節，增加了「白蛇產子」及「狀元祭塔」的情節，白蛇成了捨身護子的受害者形象。

後來江蘇、浙江兩地廣傳「許士林救母」的故事。故事裡白娘子在臨別時，交代逃脫的小青，嫁給許仙為妾，以照顧許仙與士林。二十年後許士林高中狀元，衣錦還鄉，小青帶著士林塔前探母。士林跪倒在地，將皇帝御賜的「簪花」官帽掛在鐵樹之上，相當於法海的預言「鐵樹開花」，於是雷峰塔倒塌，白娘子也得以釋放，與許仙、小青、許士林一家四口團聚。

多年後，散文作家張曉風，根據「許士林救母」，進行更多文本的填補，讓許士林鞭策快馬，將十里杏花跑成一掠眼的紅煙，寫下震動天地的千古絕作〈許士林的獨白〉。

因為有意思，版本不斷推陳出新的〈龜兔賽跑〉

《雷峰塔》與〈許士林的獨白〉，因為與故事原型有邏輯的銜接，以及賦予新意，成為不斷傳誦的文本。古今中外被改寫的文本不少，但成為經典或是被當成惡搞，關鍵就在於「邏輯」與「新意」標準。換句話說，就是讓受眾覺得「有意思」。

以情節被改寫最多版本的經典《伊索寓言》〈龜兔賽跑〉為例，後人嘗試基於「龜兔競賽」的故事邏輯，在改寫中，凸顯表達的「新意」。以下附上網上最流行的改寫版本，看看是否能通過「有意思」的標準：

兔子因輸了比賽而倍感失望，痛定思痛後，改變傲慢的心態，因此邀請烏龜再戰一場，結果扳回一城。

輸家烏龜終於了解，以這樣的路線，他一輩子跑不贏兔子。這次兔子一樣遙遙領先，直到前方橫亙一條寬闊的河流，而比賽終點卻在對岸，此時，姍姍來遲的烏龜，入河奮游，贏得比賽。

這個版本很有意思，因為故事架構未被大幅破壞，做單一元素變動改寫後，讓讀者得到「找到核心競爭力，才是成功之母」的新意。

好的改寫，因為邏輯仍在，所以容許「擴增實境」，產生更多的內容，這也是好萊塢的賣座電影，會引發更多續集拍攝的原理。

這個版本可以再「擴增」如下：雙方互有勝負後，龜兔被對方的態度與智慧折服，他們決定合夥，創辦了動物團體賽。賽程中，兔子扛著烏龜，快速抵達河邊。之後，烏龜背著兔子過河，到了對岸，兔子再次扛起烏龜，一馬絕塵，抵達終點，贏得冠軍。龜兔從此成為相知相惜的好夥伴，共同創業，成為動物界最成功的企業家。

童話、傳說或寓言，其實真正「有意思」的內涵，是「人」味。就像《白雪公主》、《白蛇傳》、〈龜兔賽跑〉的角色不斷的被改寫，只要能忠實呈現人類忌妒、犧牲、驕傲、競爭、共好等不同的亙久人性，便能跨越時代，永遠流傳下去。

FINISH

詩裡的故事

例〈帶我，走〉、〈換氣練習〉、〈一中街的坐佛〉、〈悠遊卡〉

汝果欲學詩，工夫在詩外。
——陸游

三大文類，互為表裡

新詩、散文及小說，是華文的三大文類，乍看涇渭分明，開始書寫之後，才發覺他們互為表裡。

好的散文要有詩質，沒有意象語言的散文，讀來味如嚼蠟。西方的經典小說以散文寫成，卻無處不埋伏詩句，例如米蘭．昆德拉（Milan Kundera）在《生命中不能承受之輕》（*The Unbearable Lightness of Being*）中的名句：愛開始於一個女人某句話印在我們詩化記憶中的那一刻起——這已是最好的詩行了。至於新詩，除了以圖像語言為主體，也會有「草蛇灰線、伏脈千里」的故事線索、散文的鋪陳、小說的魔幻寫實。甚至，還會有立體的人物。

新聞與故事，充滿意象的材料

筆者非天生的詩人，對創新意象缺乏天分，卻發現新聞與故事中，充滿可發展為意象語言的材料，因此自己以「事件詩」做為新詩的出發地，很幸運得到不錯的成績。

二〇〇七年，新聞報導黃智勇帶著罹患小腦萎縮症的太太蔡秀明環島一圈，被改編成電影《帶一片風景走》。筆者也嘗試將他們絕美的愛情故事，轉化為如下詩行：

〈帶我，走〉／蔡淇華（第二居新北文學獎新詩 首獎）

那年，黃智勇推著癱坐輪椅的妻子蔡秀明
在她離開人間之前，展開臺灣環島之旅……

那天太陽就坐在前方，我看見
太陽的膝蓋上也有一塊拼花布
和我同樣的
沿花東海岸梯田
行腳維持細細暖暖的日常

此時，距離死亡較近
距離下一個海灣還很遠
我不確定會先抵達誰的小徑
但肌肉萎縮的我，更容易穿越雨林如
穿越一切嫌隙，或是所有悲喜
而海岸線拉著我
移動總是比僵持容易
轉念也比風聲更輕

我坐在輪椅。喜歡簡單的問題
像走，就是現在；愛就是回答我在
活著就是歡迎一切陌生
從風景中走出來

雖然海浪激動地拍出浪花
我想像的白蝶
來不及有自己的花蜜
但不用降落的一種起飛

像詩一樣有狂喜（雖然我感到抱歉
在死亡之前
以一種傾斜的姿態
就把海的藍全部倒給你）

我愛你，推著輪椅以及
把我當成蒲公英
卻怕我吹走的那一天起

事件詩處理二法

事件詩的創作最好能給讀者線索，知道描寫的新聞或事件。處理的方法有二：一是如〈帶我，走〉，先寫出兩行的背景故事；二是直接在題目闡明意之所指，例如以下這首：

〈彩虹眷村。老兵在〉（摘錄）／蔡淇華（二〇一三年台中市詩人節新詩比賽 首獎）

十萬青年十萬軍，還在抵抗
時光部隊的最後突襲

敵方是發胖的都市
前無援軍，後方有村無眷
（如果還有等待你的後方）
彈匣裡只剩下一發童心，兩發寂寞
（都發射吧，這是死守）
每一發都射偏
誤擊過低的彩虹

寫自己的故事，揉雜心中之「意」與生活之「象」

學生初學新詩，最常見的失手，是只有情緒，沒有情節。如果要寫出沒有故事情節的好詩，一定要有深厚的哲學思考，才能像泰戈爾一樣，隨意就寫出像「如果你因錯失陽光而流淚，那麼你也將錯失群星」這般充滿智慧的金句。所以在指導學生時，我總建議他們先寫自己的故事，再將自己心中之「意」與生活之「象」，以轉品技巧完成。

以學生汪其珈的作品〈換氣練習〉為例，主題是對升學壓力的反撲，使用的材料是生活中常見的補習、參考書、數學三角函數等。

藝術創作是用B講A的過程，所以還要再找到另一個B去描述A（升學壓力）。我和學生討論的結果，找到的B，是游泳的系統。再利用創意的發散思考，找到泳池、潛水、自由式、蛙式、換氣、碰壁等意象後，將AB意象做有機的揉雜，終於完成了有故事性的作品：

〈換氣練習〉／汪其珈（第二屆武陵文學獎新詩組 第一名）

於是你深潛入水
適應藍色水光中，過冷的
變頻冷氣與老師聲調

你知道
水道不容許自由式的練習
但不知道
浮力是否能撐起，週一到週五
雲朵晚歸的重量
以為已勇敢游過
擠壓在抽屜裡

變形的歷史
卻總不敢靠近
三角函數圍成的深水區

在星期六浮出水面
憋氣太久的人
害怕換氣
所以拿出厚實的參考書
繼續構築一個泳池

神說
在碰壁之後
彼岸就是此岸
必須繼續踢腿
才能參悟，沒有盡頭的
換氣練習

寫故事，可為角色立傳

許多小說家及編劇在創作時，會為筆下人物寫下「角色小傳」，通常是三百到五百字內的角色簡介，包含他的學歷、外貌、性格、嗜好、需求與內在衝突等。學生在創作小說與新詩時，我也會做相同的要求，筆下人物才會前後一致。學生何芝妤想描寫台中補習街的遊民，我建議她選擇曾汲汲於課業，但因為理想破滅而淪落街頭的讀書人當雛形，如此產生的戲劇張力最大。以下是她完成的作品，細細閱讀，可以拼湊出一篇悲情的浮世繪：

〈一中街的坐佛〉／何芝妤（二〇二三中台灣聯合文學獎新詩　首獎）

我坐在這已飲三季白露
落下的秋葉把街道
和我的背
燒的一片火紅

我坐在這已聽八百日鐘聲
從東坡居士端坐課本中
到他被撕下，飄出圍牆

被我雙手接住，放進胸口
今晚一起取暖

也曾穿過整齊的校服
踩踏他人不幸的皮鞋
在只談利益的水利
大樓裡我嚴重缺水，目擊知識
皸裂為瘦弱的分數

所以我填下菩薩的志願
將食物送到在非洲的大漠
也將耐嚼的青春，歡送給獨居的老人
直到青春失去甜味
成為房東一口唾出的口香糖

鋪著紙箱的夢想有時會被冷醒
知識廟裡的神，每日更動
但銀行存摺的數字

是必須誦讀的經文
祂指引我今日的居所

日出又日落
十一月的一中街很熱鬧
雖然人行道逐漸冰冷
和學生望我的眼神一樣
但我仍寂寂不動
坐地成佛

面貌清楚，故事不再模糊

小說家許榮哲常提醒，千萬不要寫「兩個面貌模糊的人，在一個空曠的地方對話」。在新詩中執行時，就是要有場景，要有人物的具體線索。以學生盧邵芬的作品〈悠遊卡〉為例，「悠遊卡」明確指涉捷運站、月台、車廂等場景；「制服」則讓讀者清楚角色的身分是中學生。

學生的愛戀（puppy love）是永遠不朽的故事，在台灣也一定必須面對師長的反對，以及升學制度的夾擊。所以整個捷運旅程，在「悠遊卡」的握緊、掃描與磨損中，就有迷霧在前、軌道交叉、崎嶇路面與充滿餘震的愛情故事，在詩句中，清晰開展，不再是「兩個面貌模糊的人，在一個空曠的地方對話」。

〈悠遊卡〉／盧卲芬（二〇二二中台灣聯合文學獎新詩　首獎）

所以，你把我放在意念
伸手可及的距離
你說這樣
就能隨時握緊我

你明亮的目光
掃描，我
肺葉等待的花季
語音嗶嗶說著
期望這次共遊

「悲傷都到齊了嗎？」
「快樂還有席位嗎？」

對節慶失去信心的制服竊竊私語
月台的陽光灑脫建議
挑一個靠窗的位置吧

你默不作聲
看樹影一路打著手語
描述你不相信的城堡
手汗流淌你的疑慮
但我不怕每一次的磨損

前方會有迷霧
會有軌道的交叉
請抓穩了我，和你
在崎嶇路面的餘震裡
刷長所有的路程

散文與故事

用散落的情節與情緒，寫出好的散文故事

例〈長裙〉

散文說故事，重點在「散」

在散文中說好故事，是所有散文初學者極大的挑戰。一般初學者總以為使用起承轉合，將一個故事平鋪直敘講完，就能寫好一篇散文，其實不然。

散文不能是行軍式的作文。有文學況味的散文，必須像散步，不疾不徐，節奏有致，故事情節分散在全文四處。若可能，前幾段必須製造引人的鉤子（hook），先引發讀者的興趣後，再慢慢釋放讀者想知道的故事細節。

以學生林子維的作品〈長裙〉為例，在第一段先敘述自己桃花帶媚的微笑，以及對長裙的喜好，然後才攤出底牌——我是男生。有效地引起好奇，此後再講故事，讀者才會興味盎然。

雙軸或多軸故事線，有邏輯交錯進行

〈長裙〉的敘事，主要有「買裙」與「失（思）母」兩條故事軸，中間穿插其他的小敘事以及作者的思考。這些散落的片段，需要有邏輯的線索「架橋段」。例如第三段的「你到底在找甚麼」、「我在找，母親的樣子」，後接第四段的「最後一次見到母親，是在五歲時」。所以寫散文，是「散而不散」。段與段之間的「拋與接」、「斷與連」，是有脈絡的「伏流相接」與有機的「氣息相通」。讀者閱讀好的散文時，可以尋找全文的「十面埋伏」，找到埋哏與伏筆，再往後尋對應文字。

「雙扣法」：最後一段扣題，也扣第一段

〈長裙〉的最後一段是買下長裙，但只敢藏在衣櫃裡，眾人窺探不到的陰影裡，與自己，與母親，再一次相認。這段文字與題目〈長裙〉相扣，也與第一段「穿裙攬鏡自照」遙相呼應。但要做到雙扣的前提，是找到一個適當的意象，去收斂整個故事的主題。

散文是「實中虛」的文類，表面講實體的長裙，其實想表達的，是想與母親連結的情感。本篇作者為了表達複雜的幽微心境，也將不同的情緒與各種裙子對應。例如百褶裙是在他人惡意中，被凹折帶血的自身；紗裙是透失力氣、在朦朧世界裡，無法戰鬥的自己；而長裙，是對母親悠長無盡的思念。

文無定法，但仍須學會說故事的基本功

雖然文無定法，藝術的可貴在於創新，但華文白話抒情散文經過百年的實驗，仍然留下上述的基本美學。對散文初學者而言，建議還是先從基本的敘事架構開始。如同學習跆拳道時，總是從樣板的太極一場練到高麗型，最後才會進入對打和自由搏擊。

學習用散文說故事，若能廣泛閱讀、模仿名家手法，內化共通的說故事美學，之後再自行變化，就可以化有形於無形，寫出自己氣象萬千的散文了！

〈長裙〉—林子維（二〇二一年台中文學獎高中散文組　首獎）

全身鏡裡，碎花裙貼著光潔的皮膚，微風攪動裙擺，收藏的是漂亮的自己，不論是眉毛、光線下金棕色的頭髮、或是桃花帶媚的微笑眼睛，那是所有人都稱讚的細節。我愛我唯一的長裙，雖然，我是男生。

而碎花裙上的花朵，盛開在無人窺探的期間限定。一瞬間，彷彿看見好久不見的母親，如同我們兩人共同的印記，新月的蛾眉、星亮的眼睛，還有適合穿長裙的腿長比例。

路邊走過的女生，她們的穿搭、妝髮，都是我眼神駐足的地方，學習如何走路更為優雅、說話如何更溫柔，但身旁的人總說：「為什麼一直盯著人家？你到底在找甚

麼？」我在找，母親的樣子。

最後一次見到母親，是在五歲時。還記得那天她一身飄逸的長裙、無框眼鏡。或許太久沒看到她，我努力地呼喊她，但她卻沒正眼看我，隨意一瞥都沒有，甚至當我哭啞時，她依然面不改色，然後，我的生活就再也沒有她了。

常常被朋友拉去街上，當他們在看文具或鞋子時，我的視線就會慢慢地離開，記得一旁有一間專門販售裙子的店，A字裙、百褶裙、紗裙，有很多很喜歡的裙子，裡面最好看的是紗裙和百褶裙，那裡的老闆也很親切，從材質到款式，不厭其煩的介紹，但常常介紹到百褶裙時，我總是露出厭惡的表情。每當店裡又有新貨，我都會到試衣間裡；全身鏡中自己穿上，是多麼與自己貼切，可離開試衣間，手中光麗的裙子，隨著試衣間的門關上，也一同困在了裡面。最後裙子依舊被整理，掛回櫥窗。大概就是紗裙，朦朧的質感，但內裡卻又好像清晰可見。

我並不完全那樣真實，我能做的是停留在表象；我並不像紗裙一樣，能夠勇敢地被看透內裡。百褶裙是最討厭的裙子，但所有人熱愛的也是它，而百褶裙也是我們，一百個謊言，隱藏在生活的褶痕裡。

「你很娘欸。」「臭娘娘腔。」「死娘炮。」隨著我的成長，性別的惡意穿過身體，進入我的血管，我的身體。有一次，班上一位的男生，在排隊時，一隻手向我的下盤襲來，當我不知所措地問他的時候，他也就只是譏笑地說：「就好奇你有沒有阿。」而我也只是笑笑的帶過。如果女性開始流血，代表他們能夠孕育出另一種生命，那我試著與她們相同，在身體割出許多深淺不一的傷口，愈深的就與他們愈發相向，或許我就能擁有一個新的自己，那個和惡意相符的自己。我開始將自己一次又一次的凹折，成為帶血的，百褶裙。

後來的我，不喜歡出門。遇到路邊哭泣的男孩，和一旁指責他該像男生的大人；遇到小吃店裡，老闆娘看完電視機裡，穿著裙子的男人，然後自言自語：「不男不女，有夠噁心。」我總害怕突然大風颳來，將自己好不容易將自己塞入的摺痕，被強迫打開，人間的惡意像史蒂芬．金名小說裡的惡靈，再一次地穿透身體。世界是大雪封閉、與世隔絕的山間《鬼店》，在這空曠華麗的建築物中，關著一個過不去的冬季。我又試圖把自己和摺痕，變成更深的地方。

直到有天在和同學聊天時，聊到頭髮，突然有一位女同學將頭髮撥至我的胸前，盡可能地讓頭髮往前，好讓我看起來蓄著長髮。我並不能理解，甚至有人在一旁說：「其實你這樣很好看。」我不知道自己的模樣是不是該永遠短髮，自己是否該繼續好好隱藏，即使在全身鏡前，不斷重複穿上裙子，或是其它最普通的衣物，其他該是男生的衣物，我都無法得知鏡中的自己，究竟是什麼模樣。

常思忖，如果生在蘇格蘭該有多好，男人也能光明正大穿裙子，甚至在高地戰爭中，穿著裙子進行領土的保衛戰。但我不行，我正陷在自己的低谷，在透明與流血間迷失，只能在幻想裡穿著蘇格蘭裙，以籠手劍相互廝殺，每次都被擊中要害與心臟，勝利是屬於別人的，我只能透失力氣、倒下，困在為自己量身打造的朦朧紗裙裡。

總以為不就是沒有媽媽而已，但現在才知道，我失去了一個可以討論穿著衣飾的對象。在很多場合，像是畢業典禮、運動會、表演，總看到其他人的母親，在臺下微笑，以自己的孩子為榮，在結束之後相擁。而我沒有，我只有我，也只剩我，取而代之的，是自己喃喃自語、眼睛像滴了檸檬汁。

「我們今天要來寫母親節卡片喔！」每個母親節，老師們總吆呼著每個小朋友，將自己想對媽媽說的話都寫上去。每個人都寫得好多好多，也會很興奮地分享給老師，每次聽到他們的媽媽有多麼的愛他們，心就酸酸的，彷彿連流動的血液都聽得一清二楚，連它都替我難過。我只有卡片但沒有母親，每次向老師問起：「老師，可是我沒媽媽？」老師總說：「那就寫一直照顧你的人吧。」所以，我每年都要過兩次父親節。

我以後可以當穿裙子的父親嗎？在臺灣，有人堅定地留起長髮、穿上裙子，甚至打了雌性激素，他說：「我其實沒有變性，我一直都是我自己的樣子啊！」我羨慕唐鳳，他堅定地成為自己，但我沒他聰明，也不像他，擁有一個用生命守護他的母親。

我依然不太堅定，和母親與子宮告別後，我會成為沒有形狀的人，所以我只好勇敢為自己買一件長裙。「送給女朋友的嗎？」店員問，我只是微笑以對。是的，我還是不夠勇敢，只敢將絲軟的碎花裙藏在衣櫃裡，在眾人窺探不到的陰影裡，與自己，與母親，再一次相認。

報導文學法

突破三個關卡，寫好報導文學！

例〈舞在黑色除夕夜〉、〈人間．失格——高樹少年之死〉、《春辣椒的滋味》、〈我那見不得人的曾祖父〉

你不寫下來，他們就被時間收編了

二〇二三年一月二十一日除夕夜十點二十二分，美國洛杉磯蒙特利公園市「舞星舞蹈學院」發生一場槍擊案，凶手連續射擊四十二顆子彈，造成十一人死亡，九人受傷。死傷者年紀在五十五歲到七十五歲之間。槍聲響起時，這些開心玩樂的長者，都以為是除夕鞭炮聲。

住在南加州的學生邱瀟君，很想將這段「庶民史」記錄下來，然而修改了二十餘次後，始終不滿意，一度想要放棄。我與瀟君分享二〇二二年時報文學獎報導文學獎首獎，書寫台北一〇一工殤的〈除了死亡，還剩下什麼？〉。

作者尹雯慧訪談參與台北一〇一大樓營造的工人阿勇，他目睹其弟阿志在二〇〇二年三三一大地震中，由兩百五十公尺高的樓層工地跌落地面致死，這如同「與夢想一起墜落」的歷史，如果沒被文字記錄下來，沒人會記得這五百零九公尺高的建築巨獸，在三三一這一天，竟然有五位工人為其失去寶貴的生命。其中一位是出身南台灣勞工家庭的阿志，而目睹他死亡的哥哥阿勇，事後也成為工傷的受害者，參與高雄輕軌建造時，在工地失去四指。

「妳不寫下來，他們會和很多意外的受害者一樣，很快就被遺忘了。」我鼓勵她：「妳要學尹雯慧，繼續做田野，堅持用文字將他們留存下來。」

在突破心理的第一道關卡後，我們繼續不斷討論，找到另兩個突破點。文成之後，榮獲二〇二三年時報文學獎報導文學首獎。

人活了，故事就活了！先寫人，再寫事！

如同戰爭片一開始會設計討喜的角色，讓觀眾為這個人物走心，然後當這個人物陣亡時，將帶給觀眾巨大的衝擊。在報導文學寫作時，固然涉及的是現實悲劇，但同樣也能循此法，先刻畫一個有血有肉的人物，之後帶入整個事件時，我們才會因為關心這個人，開始關注事件中的每一個細節。

〈舞在黑色除夕夜〉的第二個突破點，是打破起承轉合的線性敘事，先寫人，再寫事，然後整個故事就活了。以下是〈舞在黑色除夕夜〉的開頭：

六十五歲的顏美美，一九八〇年代從越南胡志明市移民到美國。她一生未婚，一直照顧著年長的媽媽，兩星期前，剛和家人替媽媽辦了葬禮。

美美唯一的嗜好就是利用週末去舞蹈社跳舞。這個星期六，她從舞社提前離開，打算回家準備農曆新年祭拜祖先。

10:15分，當她在停車場倒車時，看到車後有位行人，她停下車想讓行人先走，那位行人走到車子左邊，隔著窗戶開了一槍。美美不幸喪生。駕駛座旁的朋友沒有被槍擊中，立刻撥911報警。

那位槍手開槍後，就轉身向「舞星」走去。

於二〇〇八年舉辦的第三十一屆時報文學獎，第一次設立報導文學這個項目。當屆的首獎得主，剛好是筆者大一時的同班同學陳俊志。

二〇〇〇年時，屏東高樹國三學生葉永鋕在學校上廁所時被殺害，然而卻遲遲無法找到凶手。二〇〇六年九月，台灣高等法院高雄分院審結上訴案，認定死者係因自己小便後急於返回教室，步下台階行走時觸及濕滑之地板，頭部撞擊地面致死。

當全世界都快忘記這個枉死的國中生時，陳俊志數次風塵僕僕，搭上統聯客運，經過一次次的田野調查，終於寫下〈人間・失格——高樹少年之死〉。這篇作品不僅拿下首獎，也讓世人從他文字的抽絲剝繭中，知道葉永鋕因舉止女性化，在學校常被欺負，因此非常大的可能，是因為被霸凌致死。以下是〈人間・失格——高樹少年之死〉的開場，一樣是先寫人，再寫事。也因此，讀來令人揪心不已：

葉永鋕的悲劇發生在二〇〇〇年初夏的早上，屏東高樹國三學生葉永鋕，在音樂課上舉手告訴老師他要去尿尿，那時距離下課還有五分鐘。這個男孩從來不敢在正常下課時間上廁所，他總要找不同的機會去。葉永鋕再也沒有回來過……

葉媽媽回憶兒子出事的那天早上，葉永鋕喝了兩瓶優酪乳，精神抖擻地在音樂課上唱歌唱得好大聲。上課中，他向老師請求去上廁所，一邊還快樂地嚼著口香糖。葉永鋕在廁所被發現倒臥在地，只能發出微弱的聲息，掙扎著試圖爬行，鼻子嘴巴流血，外褲拉鍊沒有拉上。

第三個突破點，找到事件後的人性衝突

當田野做到一半時，邱瀟君在訪談中，發現許多槍擊案的倖存者又回去跳舞了，只是轉移了陣地。我們震驚，也驀然發現這樁悲劇背後的人性衝突點——「寂寞比死亡更可怕」。

因為寂寞，這些不同族裔的老人，定期到「舞星舞蹈學院」排遣寂寞，結果被一位七十二歲未婚，更寂寞的華裔老人所殺。然而寂寞的力量仍然戰勝死亡的恐懼，這些倖存者又一個個回到舞池。所以〈舞在黑色除夕夜〉選擇了以下的結尾，也因此感動評審，讀

出作品的主題：

是的，很快的，這件事會被遺忘，變成一個數字。音樂仍然會響起，旋轉的華爾茲，仍然繼續。截至六月十九號為止，美國在二〇二三年共發生了311件造成死亡四人以上的大規模槍擊射殺案件。槍聲不斷，猶如音樂不停。

在報導文學中，校正歷史

許多我們所熟知的「大歷史」，都是以當權者為主軸的「帝王史」。為了政治正確，英雄永遠是英雄，失敗者永遠見不得光。

最近二十年，筆者鼓勵學生搶救家族歷史，累積了近三百篇報導文學式的珍貴庶民史。學生汪其珈記錄家族史寫下的〈我那見不得人的曾祖父〉，揭露了「富台部隊」荒謬的撤退史，以及為了保全一家，讓弟弟帶走老婆，被歷史犧牲的曾祖父。以下茲摘錄部分內文：

在陽光將周遭景物都過曝的午後，我和媽媽走進住家附近的巷子，空氣縮起身子，光線也蹲了下來了。媽媽突然壓低聲調：「其實，我有兩個爺爺，就住在這裡。」「你的外曾祖父是戰爭的犧牲品。」母親開始釋放歷史一直沒有轉身示人的一面：

「那時國共內戰進入尾聲，媽媽的爺爺，也就是妳的曾祖父，是國軍部隊的上尉，他所處的部隊，是白崇禧將軍指揮的黃杰將軍領導，白崇禧就是你們課本讀到的作者白先勇的爸爸。他們部隊遭受解放軍與越南軍隊夾擊，僅存一點點人突圍後逃入越南後，被當時殖民越南的法軍解除武裝，最後三萬多人被集中軟禁在越南富國島。他們想回台灣，甚至絕食抗議，卻一直回不來……」母親抬起頭望著陰霾的天空，似乎是不想讓眼中的淚水流下來。

「後來呢？」因為這關係自己血脈的來處，我產生強大的好奇。

「本來有撤回台灣的計畫，但當時因為韓戰爆發，國民政府還有反共大陸的期望，一九四九年就在黃杰將軍率領下，在富國島成立『富台部隊』，又稱留越國軍。」

「哇！反共（攻）大陸！三萬多人，怎麼打？」我開始擔心曾祖父的安危，但又不禁疑惑：「媽媽，曾祖母是如何來到台灣呢？」

「部隊還未退到越南時，曾祖父已將曾祖母和五個孩子，託給他的弟弟照顧，身為海軍的弟弟，跟著國民政府，帶著哥哥的妻小來到台灣。當時最小的孩子還抱在懷裡，要照顧的人又多，於是曾祖父的弟弟便做了一個決定——將哥哥的妻子報為自己的妻子，也認五個孩子為自己的孩子，以領取足夠果腹的軍糧，所以他就成了我的另一個爺爺。但在當時保守的社會哩（裡），這樣的行為是不被允許的，也許他們認為這一切只是暫時的忍耐與身份。

他們就在軍營的狹小倉庫裡，克難的生活著，一群孩子不停在死亡邊緣遊蕩。希望團圓，但又害怕相見後，會被政府懲處，等待的日子很漫長，他們就這樣過了四年。」

「曾祖父後來有到台灣嗎？」

「有，」母親深深嘆一口氣：「經過遙遙無期的等待，最終美軍協助國民政府，將在富國島的留越國軍送往台灣，思念家人的軍人，終於可以回家了。」

曾祖父來台灣後，找尋家人如大海撈針，終於在南方澳聯繫上妻小，但卻已人事全非，因為那是人人噤若寒蟬的白色恐怖時代，若被發現謊報眷屬以領取軍糧，恐被軍法審判，甚至可能被槍斃。

弟弟將哥哥的妻子謊報為自己妻子的決定，在民風保守的社會，也不一定能被諒解，若祖父和家人相聚，他們將成為見不得人的家族，於是秘密不能見光，家族的所有人都成了守密者。當曾祖父明白這一切時，他選擇了保護家人，再承認自己是認錯人了……

二〇一五年出版，吳秀雀所著的《春辣椒的滋味：清境義民人群之認同內涵與變遷》，報導一九四九年節節敗退的國民黨滇緬孤軍及其家眷，部分被接來台，安置於南投清境農場的故事。他們被稱為「義民」，或許大家對這段歷史的印象，就像是作家柏楊在小說《異域》裡寫的那樣，盡是義薄雲天的英雄血淚故事，然而讀過這本書，才知道竟有少數義士的妻子，是因為被部隊的大刀抵著脖子，焉能不嫁。這樣的亂世姻緣，或許以喜劇收場，但背後的人性掙扎，亦值得被報導文學記載。

在歷史不再是一言堂的後現代，報導文學是為弱勢發聲、爭取公平正義以及校正歷史的最佳武器。當你發現一段歷史，你不說，就將被歷史洪流淹沒時，記得勇敢拿起筆，先刻畫有血有淚的小人物，再開始於人性衝突處找主題，你一定可以在報導文學中，活出文字的價值。

掌握不變的核心，就能超級變變變

——人物

霸總翻轉法

骨灰級霸總神作《傲慢與偏見》，
原書名叫《第一印象》……

例《傲慢與偏見》、《金秘書為何那樣》、《社內相親》

在所有的戲劇套路中，霸總（霸道總裁）是最常被提出來討論或嘲笑的類型。呂秋遠律師曾做過非常有邏輯的分析：「霸道總裁通常男主角會是歐洲或亞洲股市翻雲覆雨的集團老闆，或是全世界前幾大的華人總裁……個性普遍高傲、冷峻、暴力，但用情專一，常愛上非常普通的女孩。總裁總是百轉千迴的虐己、虐她，最後女孩與總裁過著幸福快樂的日子。」

然而嘲笑歸嘲笑，從上世紀七〇年代，瓊瑤的《心有千千結》裡，富二代藝術家男主角，愛上私人護士女主角，到一九九三年出道席絹的《罌粟的情人》，再到二〇二二年火紅韓劇《社內相親》、二〇二三年陸劇《我的老闆為何那樣》。超過百部的霸總小說與戲劇，仍然可以高居收視榜首，挑動不同年齡層的少男少女心。

這顯示兩個現象，一是霸總套路是值得研究的經典，二是霸總故事在世世代代的進化中，找到了「同中求異」的ＩＰ製造公式。

「階級關係」不斷翻轉的霸總原型

兩百年前英國小說家珍．奧斯汀（Jane Austen）的代表作《傲慢與偏見》（*Pride and Prejudice*），其實是「相愛相殺」霸總故事的原型，我們整理出這部經典幾個至今仍沿用的特點：

1. **總裁一定是目中無人的萬人迷**。
達西是傲嬌又腹黑的黃金單身漢，看不上身旁的女子。

2. **男女經濟地位懸殊，但女主角對男主角的財富沒興趣**。
達西有每年高達一萬英鎊（約值今日新台幣五千萬）的收入；女主角伊麗莎白家中財富不多，而且女性無法繼承。

3. **男女主角對彼此的第一印象極差**。
《傲慢與偏見》原書名叫《第一印象》（*First Impressions*）。在第一次見面的舞會，達西說：「伊麗莎白還沒有漂亮到可以打動我的地步。」伊麗莎白告知達西：「即使世界上所有男人都死光了，我也不可能和你結婚。」

4. **關係翻轉——男主角對女主角陷入無法自拔的迷戀**。
達西漸漸發現伊莉莎白機敏聰慧、善良與談吐不俗，對她產生不可抑遏的感情。

5. **殺出男二情敵**。

伊麗莎白認識英俊軍官韋克翰先生，迅速傾心於他。

6　**男主角對女主角無所求的付出**。

達西祕密為伊麗莎白妹婿付出鉅款，挽救了女方一家的名譽。

7　**關係再翻轉**——女主角發現真相，向男主角敞開心扉，共同迎向happy ending。

不斷翻轉霸總的「死穴」

近幾年的新劇，不約而同為「男主角無可救藥迷戀女主角」找理由。最常用的套路就是男主角擁有「死穴」，而只有女主角能解。

例如《金秘書為何那樣》裡的男主角兒時遭到誘拐綁架，因此有心理陰影，這激起女主角金秘書的母愛，而最後只有女主角能治癒男主角的心理創傷。

改編自人氣漫畫《我和社長相親相愛》的《社內相親》，社長小時候經歷雨天車禍事故，父母在眼前雙亡，因此「恐雨症」成了他的陰影，而小職員女主角知道男主角的祕密，為他做出一切照護。

二〇二三年陸劇《偷偷藏不住》中，總裁男主角飽受暈紅症困擾，最後發現小助理女主角是唯一的解藥。

創意是在舊套路中，找到翻轉的元素

一個劇種可以成為經典，一定是打中人性中共同的渴望。霸總戲打中的，便是普羅大眾對「階級翻轉」的渴望。所以在「男尊女卑」的套路中，大老闆愛戀女祕書、儲君獨鍾小民女、國會議員情陷助選員等，都是常見的劇情。而在舊套路中找到翻轉的元素，是創意的起源，所以「女尊男卑」的女霸總，在這幾年被大量推出。

例如陸劇《從結婚開始戀愛》中，霸道女總裁看上了高冷男醫生，一心想要和男主角生出孩子，劇情就如男霸總戲路的翻轉，男方「抵死不從」，但在女總裁心灰意冷之際，男主角終於發現女總裁的可愛之處，最後一起陷入愛情，有了快樂結局。

另一部陸劇《心動不可恥還很可愛》的劇情則加上「霸總死穴」的元素。霸道女總裁遇意外後醒來，發現手上多了摘不掉的手錶，上面是生命最後三十天倒數，只有寵物殯葬師男主角出現，手錶才會停止轉動，所以女總裁想盡一切辦法，要與男主角簽訂貼身助理合約。

翻轉階級與浪漫愛情一次滿足，經典套路繼續當道

霸總戲今日仍在各大串流平台霸榜，可以預測的是，霸總戲在未來還會不斷推陳出新，甚至繼續占據收視排行的龍頭。但只有擁有創意腦的說故事大師，懂得在套路中不斷

翻轉出新的ＩＰ，不僅男女霸總的死穴（特殊疾病）會繼續變異，而且其他的元素也會被找出來繼續變形。

例如台劇《總裁你壞壞》劇中，自稱「霸總專家」的宋芸樺，穿越進小說中，用後設的手法，不斷玩弄和破解霸總戲的哏，最後開啟倒追總裁模式，翻轉再翻轉，觀眾仍然繼續走心。

讓翻轉階級與浪漫愛情的雙重夢境，在戲劇套路中，同時得到滿足，霸總老戲，永遠如新。

怪咖英雄法

不完美，會讓英雄更具人性，因此，更加完美……

例《私刑教育3》、《射鵰英雄傳》、《鹿鼎記》、《捍衛戰士》

英雄中的反英雄

反英雄（antihero）是文學、電影、戲劇作品中，形象接近反派角色或有缺點的普通人，但同時具有英雄氣質或做出英雄行為的角色。這類英雄有著類似傳統英雄的目標，但對於他們來說，結果重於過程，所以他們採用了比較接近反派的手段，例如不斷殺人以維護「正義」。

為了展現反英雄「接近人性」的內在，他們通常會展現像高自戀、高權術或者高心理病態等人格特質。二〇二三年電影《私刑教育3》（*The Equalizer 3*）中，丹佐華盛頓飾演的「萬能殺手」勞勃麥考，是很好的例子。

勞勃麥考用餐前，會「不由自主」強迫自己鋪好紙巾、排好餐具，喝茶前用湯匙固定敲幾下茶杯，進行諸如此類的「儀式」。這樣連小細節都被強迫症控制的前突擊隊員，在秀出炫麗的殺人戰技前，先顯示他生活無能的一面，其實是劇中高明的設計。

勞勃是好萊塢英雄片中，最強大的殺手類型。他有致命的「9秒私刑瞳術」，就是先將手錶設定倒數9秒，9秒內將利用地形、桌邊餐具，打掛所有惡棍的細節，在大腦內「排演」一遍。想當然耳，一旦動手，敵人都成了蒼鷹眼中，慢動作的兔子，被勞勃行雲流水的挑斷關節，快速宰殺。

勞勃這種「衣不沾塵」式的旋風式殺戮，與《捍衛戰警》中，被打得跟豬頭一般的基努李維，形成強大的對比。但過度完美、太強大、缺乏弱點的英雄人物，會顯得不真實，所以等到屍橫遍野、血流成河時，唯一的活人，毫髮無傷的勞勃，會優雅的坐下，用白布擦乾手上的血跡，顯示他無法控制的弱點——「潔癖」。

完美，讓角色不完美

天道忌盈，卦終未濟。《易經》告訴我們，這個世界上沒有完美。《易經》的最後一卦，一定是代表不圓滿的「未濟」，才能讓宇宙生生不息的運行下去。相同的道理，故事中的英雄人物，如果無堅不摧，毫無破綻，會變成扁平人物。

人設完美，只會讓故事不完美。就像倪匡點評金庸《射鵰英雄傳》中的主角郭靖：「郭靖的一生，是毫無缺點的，極度完美。他對父母孝，對國家忠，對愛情貞，對朋友義，對子女愛，連楊康這樣的壞蛋死了，他也耿耿於懷，將楊康的兒子，賜名『過』，字

『改之』，希望楊過和他一樣……郭靖不但維護江湖法統，而且也維護社會法統。楊過和小龍女要結為夫妻時，郭靖就差一點動手，要將楊、龍兩人打死，因為楊、龍兩人的行為，觸犯了他的完美。郭靖是一個完人，但是太完美了，變成了一個偽人。因為世上不可能有這樣的一個完人。」

不完美，讓角色完美

金庸小說角色上千，被倪匡評為「金庸筆下最成功的一個人物」，是《鹿鼎記》中的小混混韋小寶。

倪匡認為，韋小寶縱有千百般壞處，全是在你和我身上都可以找得到的，人的壞處。誰要譴責韋小寶的不是，請先在發言之前，捫心自問。

「韋小寶這個人物，是完全反英雄的。傳統觀念上的英雄人物的作為，在他的身上，很難找得到。然而，他卻是眾人心目中的英雄，這樣的人物，以前未曾在任何小說中出現過，以後只怕也不會有了。」

倪匡認為韋小寶無視禮法、制度，但又極看重朋友，絕不出賣朋友，是自由自在的典型、是至情至性的典型、是絕不虛偽的典型。「韋小寶撕破了許多假面具，破壞了許多假道學，揚棄了許多假仁義。韋小寶是真。」

不完美的韋小寶，讓角色更真實，更接近完美的小說人物。

Top Gun，特立獨行的怪咖，才能是Top

經典電影《捍衛戰士》(*Top Gun*) 的拍攝，起源於一名製片讀到一篇介紹美國海軍戰鬥機學校 (Topgun) 的文章：一所只收前1%戰鬥機飛行員的學校。製片人直覺，這些人是頂尖中的頂尖，應該是個非常好的故事。

當時《捍衛戰士》劇本還沒寫好，軍方高層開出的協助條件是電影必須「正當描寫軍方」。重點來了，如果整部電影只是「正向」描繪這些一等一的高手，那會不會像樣板的愛國片？還好編劇最後突破重重難關，將戰鬥技術「完美」的男主角，加入許多「特立獨行」的「不完美」元素，讓湯姆．克魯斯 (Tom Cruise) 喜歡挑戰權威，甚至違反上級命令，所以多年之後，同梯的都當將軍了，只有他官階停在上校，而且，仍不願退休，還在叛逆的飛。

《捍衛戰士II：獨行俠》(*Top Gun: Maverick*) 三十六年後回歸大賣，除了精采絕倫的空戰場面外，最重要的是，基本的人設沒有跑掉——湯姆．克魯斯繼續自願當個「獨行俠」，冒死也要獨排眾議，飛回去，將老友的兒子救回來。

是缺陷，讓我們成為英雄

反英雄的行為模式就是如此偏離常規。反英雄的不良特徵，常會讓他們職場吃鱉，甚至遭受巨大的失敗。但反英雄和英雄一樣，有著崇高的理想與怪咖的堅持，是這種勇於和多數人對抗的「不識時務」，讓他們擁有比常人更強大的力量。

好看的戲總能讓觀眾返照自身，在走出戲院後承認，反英雄是孤獨的，還須面對把責任都扛在肩上時，逢讒遭譏的寂寞。但就是這種缺陷中長出的大氣魄，讓天下有缺陷的獨行俠，都活成了自己世界裡的英雄。

悲劇英雄法

擁有「致命弱點」的悲劇英雄，才能成為超級英雄

例《山道猴子的一生》、《推銷員之死》、《伊里亞德》、《超人》、《復仇者聯盟4》

二〇二三年中，由Eric Duan在YouTube發表的網路影片《山道猴子的一生》，橫空出世，成為現象級影片。上下兩集點閱都破六百萬次。

《山》片劇情講述一名超商上班的年輕人，因虛榮心膨脹，而在負債買重機及虛浮感情中迷失自我，最後無法應對不斷增長的債務，情緒失控、眾叛親離，最後在一次山道飆車中撞車身亡。

有網友在網上發問：山道猴子算不算悲劇英雄？想回答這個問題，讓我們先來看看悲劇英雄的定義。

悲劇英雄是悲劇的主角。兩千年前古希臘的哲學家亞里斯多德（Aristotle）在其著作《詩學》中，記錄了劇作家對悲劇英雄的描繪，準確地界定了悲劇英雄應該扮演的角色以及他必須成為什麼樣的人。

悲劇是基於因果

亞里斯多德在《詩學》中說明，悲劇的目的，在於顯示角色的墮落，從而引起觀眾的同情和恐懼。悲劇主角稱不上神聖，而厄運降臨到他身上，並不是他的邪惡，而是自身的優柔寡斷和軟弱所致。

亞里斯多德並指出，悲劇是基於因果、悲劇角色所呈現的命運變化，是正義的人類從繁榮走向逆境的結果。他強調，主角的悲劇製造出可憐和畏懼，能夠「淨化」人們的感情。悲劇角色的這種不幸，不是由於罪惡或墮落，而是由於某種原因「誤判」，這個「誤判」，指的是主角的「性格缺陷」，或者是角色所犯的錯誤。

一九四九年二月在百老匯首演，劇作家亞瑟．米勒（Arthur Asher Miller）經典作品《推銷員之死》(*Death of a Salesman*) 的主角，紐約布魯克林區的威利諾曼，是擁有「性格缺陷」、「誤判」人生的典型。

悲劇英雄應有崇高的動機

威利諾曼是一個迷惑於美國夢，盲目高估自己能力，幻想藉由「能言善道」得到美好前景的推銷員，他常處於吹噓、誇耀的自我膨脹狀態（和山道猴子很像）。

推銷生涯三十多年後，剛繳完二十五年的房屋貸款，但威利不斷失去顧客，經濟陷入窘境，買電冰箱要分期，賴以生財的汽車，剛付完最後一期貸款，卻已老化報銷。

脆弱的人生堡壘有外患，更有內憂。兩個兒子發現父親曾在出差中出軌，看清父親浮誇的假面，漸漸與父親決裂。此時威利的美國夢已是空中樓閣，他開始陷入嚴重的妄想症，威利與兒子間的裂痕也越來越大。在一日激烈的衝突後，威利與兒子心靈重創，但也發現，彼此都還深愛著對方。這愛的失而復得，在威利心中轉化為一股驅力，這驅力促使威利做出一個悲壯的抉擇——他選擇撞車，留給家人死亡的保險理賠金，也保留自己在家人心中，最後的生命尊嚴。

從以上的論述，可以發覺山道猴子與威利諾曼一樣因為「性格缺陷」，導致悲劇的因果。此外，亞理斯多德在《詩學》第六章曾提示：悲劇最令人感動的情節部分是「急轉」與「認出」。「急轉」乃指事件從一個方向突然轉往相反的方向發展；「認出」，指從無知到知之轉變。

山道猴子從生到死，一直無法「急轉」與「認出」自己的性格缺陷；反觀威利諾曼，在生命最後一刻「認出」親人的愛還在，做出抉擇「急轉」命運，走向悲劇性的死亡，威利諾曼常被視為現代的悲劇英雄。

悲劇英雄必須「能力非凡」、「道德高尚」和「受到道德期望束縛」

今日「悲劇英雄」的定義，更多是指希臘悲劇中，常見的「能力非凡」而且「道德高尚」，但受到「道德期望」束縛，陷入悲慘境地的角色。

最典型的「悲劇英雄」，是希臘神話中的普羅米修斯（Promētheús）。普羅米修斯屬於泰坦神族，在一次動物祭祀中，他用詭計欺騙了宙斯。他只把動物沒有價值的部分交給宙斯，卻為人民保留可食用的肉，引起宙斯強烈的憎惡。不知神威可怕的普羅米修斯，還從眾神那裡盜來火種，並將其帶給了人們，人類開始可以用火烹煮食物，還能以火嚇跑攻擊的野獸。因此宙斯處罰他在高加索山脈的荒原上受罰，一隻老鷹定期啄食他的肝臟。很久以後，英雄海克力士用箭射死了老鷹，才將他從折磨中解救出來。

從「能力非凡」、「道德高尚」和「受到道德期望束縛」這三個標準來看，山道猴子應該無法被稱為「悲劇英雄」。

記得為悲劇英雄找到他的「阿基里斯腳踝」

古希臘詩人荷馬史詩《伊里亞德》中的主角阿基里斯（Achilles），也是西方文學裡公認的悲劇英雄。阿基里斯被稱為「希臘第一勇士」，參與了特洛伊戰爭。在希臘聯軍中，只有阿基里斯才是赫克特的對手，然而他因聯軍主帥對其不敬，拒絕參戰，引起希臘聯軍的失利。聯軍主帥這時悔不當初，只好派將求和。可是阿基里斯餘怒未消，只將他的盔甲和戰馬，借給他的好友帕特洛克羅斯應敵，但好友不幸戰死。阿基里斯為了報仇，重新回到戰爭，最後殺死了赫克特，取得了特洛伊戰爭的勝利。

然而赫克特的弟弟帕里斯，在太陽神阿波羅指點下，用箭射中阿基里斯的腳踝，刀槍不入的希臘第一勇士因此死去。

原來阿基里斯是色薩利國王與海洋女神的兒子，女神母親希望兒子可以和她一樣長生不老，所以在他一出生，便捉住他的腳踝放入冥河浸泡，但由於抓住的腳踝沒有沾到河水，成為唯一的弱點。後人便常以阿基里斯腳踝（Achilles heel），來指悲劇英雄的致命弱點。

成功的超級英雄，大多是擁有「致命弱點」的悲劇英雄

成功的超級英雄，大多是擁有「致命弱點」的悲劇英雄。例如superman超人擁有「能力非凡」、「道德高尚」和「受到道德期望束縛」這三大特質，但他面對來自家鄉氪星的氪星石時，他的超能力就失效。

蝙蝠俠的致命弱點，來自童年時，父母被殘酷謀殺後的內疚。這一可怕的內疚，使他產生了根深蒂固的罪惡感，但這種罪惡感也是一種強大的動力，推動著蝙蝠俠對正義的不懈追求。

《復仇者聯盟4：終局之戰》之所以可以成為經典，就在於鋼鐵人完美演繹了悲劇英雄的定義。鋼鐵人因為他的「致命弱點」而死，但你知道鋼鐵人的「致命弱點」是什麼嗎？《復仇者4》電影一開始，在太空中漂流的東尼史塔克因為隔天氧氣就要用完，認為

自己就要離開人世，因此他對著頭盔錄下給小辣椒的話：「當我睡去後，我會在夢中見到妳，自始至終都是妳。」鋼鐵人臨死前，心中仍是滿滿的愛。

《復仇者4》中，鋼鐵人哄完寶貝女兒睡覺，要離開房間時，女兒告訴他：「我愛你三千次」，鋼鐵人吃驚回答：「哇，三千次，有這麼多……」但走出房間後卻興奮向小辣椒炫耀女兒的愛。

在《復仇者1》中，鋼鐵人為保護地球，自己一人抱核彈上太空。

在《復仇者3》裡，他在泰坦星拚盡全力對抗薩諾斯。

最後在《復仇者4》，許多超級英雄都可以戴上無限手套彈指，卻是鋼鐵人果斷完成這件事。因為他太愛世上的人們了。

是的，鋼鐵人的「致命弱點」，是他滿滿的愛。

如同亞里斯多德對藝術作出的「基本定義」：藝術的本質是模仿，即反映現實。《復仇者4》反映世上許多父母，因為擁有被孩子掌握的「愛的致命弱點」，因此都成為真正的「超級英雄」。

神人故事法

神性中的魔性與人性，是神人故事的核心……

例《波西傑克森》、《哪吒之魔童鬧海》、〈神之格思〉

神話型異能英雄：「讓神受人間的苦」是祕訣

西方神話有希臘神話、羅馬神話、北歐神話等主流與分支，例如雷神索爾是北歐神話中奧丁大帝的兒子，而波西傑克森是虛構的希臘神話海神之子。希臘神話與羅馬神話非常類似，只是相同的神在不同的神話中，有不同的名字。例如希臘神話的主神宙斯 Zeus，在羅馬神話中叫朱庇特 Jupiter；希臘神話中神的使者赫米斯 Hermes，在羅馬神話中叫墨丘利 Mercury；希臘神話中美神阿佛洛狄德 Aphrodite，在羅馬神話中對應的是愛神維納斯 Venus。

西方神話的族譜繁複，例如宇宙起源諸神、奧林匹斯眾神、泰坦十二神、巨人族、冥界眾神、海界眾神、魔物怪獸、人類半神等幾百位神祇，都是取之不盡，用之不竭的「故事原型」。例如在雷克．萊爾頓（Rick Riordan）的奇幻小說《波西傑克森》中，波西遇到半人馬的奇戎與雅典娜的女兒安娜貝斯、及荷米斯之子路克．卡斯特倫。作者的奇思妙想，讓希臘諸神都在人間留下孩子。是的，「讓神受人間的苦」，正是寫好神話型異能英雄的祕訣，因為所有故事的核心，都是「人性」。

又例如神的兒子耶穌，受盡人間的苦，留下傳頌千年的神蹟故事。

或是東方的通天神女林氏，飛身入海拯救父兄，歿而入祠，成為仙遊上界，海上聖母，南方護民之神。

神性中的魔性與人性，是神人故事的核心

道教的哪吒，是華人文化中最活靈活現的神人。在明代神魔小說《封神演義》中有一段「哪吒鬧海」，描述四海龍王操控風火雨雪，為害百姓。陳塘關李靖的夫人懷胎三年六個月，產下一個肉球，李靖用劍劈之，頓時奇光四溢，裡面出來一個可愛的小男孩。太乙真人收其為徒，賜名哪吒，贈乾坤圈與混天綾兩件法寶。

時天大旱，百姓求雨不得，東海龍王派巡海夜叉出來索要童男童女。巡海夜叉抓走童女，正好遇到哪吒在海邊洗澡，被哪吒打回原形，倉皇逃回水晶宮向東海龍王報告，龍王大怒，派三太子敖丙出來查看。哪吒要龍宮交出童女，敖丙說童女已經被吃掉，哪吒大怒，打死敖丙，抽出龍筋。東海龍王得知後悲痛萬分，上天庭去告御狀。太乙真人告知哪吒，哪吒半路擒住龍王，要龍王發誓不再為害人間。龍王假意答應，脫身後召集南海龍

王、西海龍王和北海龍王來陳塘關找李靖算帳，要李靖殺掉哪吒，否則就毀滅陳塘關。哪吒被逼自刎而死。然而哪吒的靈魂被仙鶴送回，太乙真人用蓮藕、荷葉重塑了哪吒的肉身，哪吒復活。太乙真人又送火尖槍、風火輪兩樣法寶，傳授哪吒三頭八臂的化身。哪吒殺回東海，戰敗四海龍王，從此龍王不再為害世人，人間風調雨順。

也因此，「肉身成聖」的哪吒，成為台灣諸多廟宇中，臂套乾坤圈、身圍混天綾、手使火尖槍、腳踏風火輪、腰掛豹皮囊的三太子。不僅武藝高強，更能變化成三頭八臂的法身形態戰鬥，因為由蓮花化身構成人形，非血肉體質，無魂無魄，因此免疫一切攝魂攻擊，且不懼瘟疫病毒侵害。哪吒在多數廟宇為五營神將之領導者，多在廟宇居中位置，故稱中壇元帥。哪吒腳踏風火輪，行動非常便捷，故為許多職業駕駛人的守護神，放置一尊小哪吒像於車上，便能祈求行車平安。跳著電音的Q版三太子，變成台灣最可愛的民間文化代表，然而這樣的形象定型，也妨礙了故事IP的發展。

中國大陸二〇一九年動畫電影《哪吒之魔童鬧海》，使用「哪吒鬧海」的故事加以發展。片中哪吒生來便註定是混世魔王，雖然父母並沒有因此而拋棄他，但叛逆的哪吒沒有得到人民的認可。期間，哪吒認識了龍王之子敖丙，成為了彼此唯一的朋友。生而為魔，哪吒沒有屈從於命運安排，最後憑藉一己之力挽救了蒼生。哪吒在「孝順又叛逆」、「忠誠又想做自己」的人性中衝突，最後呼應今日年輕人的共同心理狀態，相信「我命由我不由天」，選擇做自己的英雄。

事實上，台灣廟宇的諸神，都停留在刻板的形象中，若我們可以挖掘他們的故事，挖

掘他們神性中的魔性與人性，一定可以發展出許多震動時代的神人故事。

運用「時代矛盾」，將「萬神之島」變成故事之島

台灣在拓墾初期，先民渡過黑水溝，也將原鄉諸神邀至台灣。例如移民初期的海神媽祖、族群守護神開漳聖王、清水祖師、三山國王。還有農民奉祀的神農大帝、工匠奉祀的魯班公、祈求子嗣的註生娘娘、掌管瘟疫之神的王爺、統領五營兵將的中壇元帥太子爺。甚至還有最接地氣的灶神、土地公。

這些都是本土的故事寶藏，若能善加利用，很容易寫出引人共鳴的好故事。例如現代少子化問題嚴重，召喚註生娘娘至人間，與堅持不婚不孕的ＯＬ一起生活，一定可以激盪出有趣的情節。又例如大疫過後，外食成為潮流，許多廚房都成了裝飾品，這時候可以拜請哪一位神明進入你的故事？又應該安排他與哪一種職人相遇，才會迸發出發人深省的火花呢？想一想，許久未聞人間煙火的灶神，是不是第一人選？若讓他坐上Food Panda外送員的摩托車，一起在車陣中九死一生，一起討論各家外送餐廳的食品營養，再一起與外送員進入千門萬戶，與飢腸轆轆的紅男綠女對話，那該會是一部多麼「有滋有味」的小說啊！

多情的廟宇，故事ＩＰ的寶藏

筆者到台南一所大學分享時，學校教授表示，對於教育部希望大學國文課程開設文創課程、影片製作，甚至與地方創生合而為一，感到非常的苦惱，想了解是否有解方？

這所大學門口，有一間「姑婆」廟，詢問教授們，是否知道這間廟宇的故事。很可惜，教授們不是很了解，忘了這是最棒的故事寶藏。

根據文獻記載，此廟祭拜「姑婆祖」，本名徐鑾英，出生於明朝末年的福建省，是當地大戶人家的千金。明末戰亂頻繁，她與父母隨著國姓爺來台定居。「姑婆祖」為明朝皇族寧靖王的婢女，忠心赤膽一生未嫁，直到七十八歲往生，之後不時顯靈幫助他人，因而封神。

「姑婆」就是今日的「大齡單身女性」，尤指擁有獨立經濟基礎的中產階級女性。若該大學能以「姑婆」為原型，拍攝穿越劇，讓她與學校的未婚大學生互動，一起探索愛情的本質，或是婚姻的必要性，一定可以編寫出精妙絕倫的好故事，甚至設計可愛的「姑婆公仔」，當年輕人愛情的守護神。

台灣是個動盪的移民社會，也是個多情的島嶼。任何活出忠孝節義的凡人，都可能在死後封神。例如「義民廟」、「李光前將軍廟」、台中大里「七將軍廟」。

寫實的魔幻，諸神的格思

台中大里區七將軍廟，祭拜六員清軍綠營兵與一隻犬。史載林爽文事件後，林爽文留下的三百多公頃良田被清廷收歸國有，由大里杙總兵部管理。其中六名清兵赴阿罩霧巡察時，被出草之蕃人包圍，後因寡不敵眾壯烈成仁。一起同往之義犬速奔回總兵部狂吠報告後，咬舌就義而亡。

包括義犬在內的七壯士時常顯靈保護良民，大里杙士紳感其德，乃鳩資建廟。廟內中殿懸掛匾額「神之格思」四大字，然而，這些神若面對今日台灣，會有那些「格思」呢？

筆者帶著學生調查，發現二〇〇八年，七將軍顯靈託夢，說要將戰爭中死亡的萬應公與大眾爺「合爐」，要讓這些客死他鄉的人們，都可以在「七將軍廟」中找到善的歸屬。

學生田調後發現，原來台灣的歷史就是一部殺戮史：林爽文與客家人、泉州人戰鬥，清廷的綠營兵殺了林爽文，霧峰的原住民殺了清兵，漢人殺了原住民，漢人彼此異姓械鬥，日本人來了，又殺了漢人與原住民，國民黨部隊來了，又殺了許多異議分子……血腥的殺戮充塞在每個台灣人的家族史中，若要世世代代清算，則家家戶戶可能互為仇人。但是「七將軍廟」顯靈只說兩個字：「合爐」，表示生時我們是敵人，但死後，我們可以是朋友。

學生深受感動，寫下小說〈神之格思〉，叩問，台灣不同的族群，何時才有和好的一天。作品最後得到了文學獎，但在布滿「多情廟宇」的「萬神之島」，這樣瑰麗多彩的故事，應該被更多人寫下去……

現實世界與人性是故事的活水源頭

二層故事法

故事是「動機」加「行動」的輪迴，但請給我更深層的動機！

例《鋼鐵擂台》、《西線無戰事》、《生命中不能承受之輕》、《寄生上流》、《阿甘正傳》、《金法尤物》

一樣是鋼彈類型片，筆者看完《變形金剛》，走出戲院時，感覺到空洞悵然。但看完《鋼鐵擂台》，卻覺得一顆心滿滿的。思考觀影經驗的殊異，發覺不在於製作成本高低，而在於劇本主題層次的經營。

藝術好壞的評斷標準，是「有意思」，也就是不能停留在表層，要有「第二層」的意思。例如王維〈使至塞上〉的名句——「大漠孤煙直，長河落日圓」，意義絕對不會停留於物理性的孤煙與落日，而是王維被排擠出權力中心後，直上青天的超凡心態。後人就算不明其典，亦可從渾然天成的詩句中，感受到圖像中隱藏的「第二層」的思維：一個人在曠野遠眺時，獨立蒼茫的雄渾意志。

《變形金剛》的故事「失之太直」，只停留在絢麗的打鬥。然而《鋼鐵擂台》的編劇卻願意在老哏中玩出新意，用心走向更深層的人性。《鋼鐵擂台》劇末，機器人亞當的聲控裝置被對手擊毀，兒子只好將亞當切換至視覺模仿模式，並要父親在場邊揮拳，讓亞當模仿，最後竟然逐漸扭轉頹勢。這一幕設計很少被影評人提起，然而卻完全點明親子教養的真諦：教養孩子，不能只用嘴巴，要用行動做給孩子看。因為教育之道無他，愛與榜樣而已。是這樣精準的故事設計，讓《鋼鐵擂台》比《變形金剛》的藝術高度，更上了一層。

反著說，是為了凸顯第二層深意

德國作家雷馬克（Erich Paul Remark）於一九二八年出版的小說《西線無戰事》（*All Quiet on the Western Front*），故事結束在男主角死於狙擊。「一九一八年十月，他陣亡了，那一天，整個前線是那麼沉寂和那麼寧靜，戰報上僅僅用一句話來概括：西線無戰事。他是往前面仆倒下去的，躺在地上，好像睡著了一般。把他翻過來，人們看得出來他受的痛苦並不長；他臉上的表情很安詳，差不多像是滿足的樣子，高興結局已經來臨了。」

無戰事、安詳、滿足、高興，是字面表層，卻更深刻反諷「西線有戰事」，以抗議一戰時，德軍大量的傷亡。這部小說反戰的「第二層涵義」太明顯了，難怪於一九三〇年代被德國納粹查禁。然而好的藝術是永恆的，《西線無戰事》二〇二二年被重新拍攝，代表德國角逐第九十五屆奧斯卡金像獎，最終獲頒最佳國際影片。

捷克裔法國作家米蘭．昆德拉於一九八四年所寫的小說《生命中不能承受之輕》，男主角只想追求輕盈沒有責任的愛情，然而卻發現那種輕盈，允許女主角去尋找其他伴侶，卻會帶給心靈無法承受的沉重。所以這本小說真正想探討的，是與書名相反的「第二層涵義」：生命中不能承受之重。是這樣的在愛情沉重的負擔與燦爛的輕盈間，做反覆的辯證，顯現出生命多層次的樣貌。

更深層的無法越界，上下流的味道

《寄生上流》之所以可以獲得奧斯卡金像獎最佳影片、最佳原創劇本獎，除了在表層的黑白色階、地下室及豪宅對比等處，清楚表現社會階級之間的差異外，在更幽微的「氣味」裡，象徵上下流間的無法流動，是讓電影更上一層的重要元素。

例如有一幕，朴社長與朴太太躺在沙發上，突然聞到金司機的味道（此時金家人躲在桌椅下），他想起金司機，不以為然說：「總之他呢，開車技術還可以，但往往，他幾乎都要越線時，最後都不會越線，這點還不錯，不過味道卻越線了！他的味道會不斷飄到後座。」

另有一幕，金司機開車陪朴太太去準備孩子的生日派對，回程時，後座的朴太太因受不了金司機身上的味道，開了後車窗通風。這些細節，其實都一次次的傷害了金司機最深層的自尊，也為之後的殺機埋下伏筆。

劇末在豪宅宴會草坪上，朴社長撿車鑰匙時，還捏著鼻子，想遠離那地下室帶來的「窮酸味」。這點細節處的「冒犯」，終於衝破金司機忍受的最後一道防線，也讓殺機產生合理性。

如同馬斯洛提出的需求層次理論：「生理」、「安全」、「歸屬感和愛」、「尊重」、「自我實現」。金家到朴家工作，一開始是為了滿足最基本的「生理」與「安全」需求，但是當朴社長說金家的味道越線了，代表他對人性守護的邊界也越線了，因為他不屑的小動作與話語，傷害了人類最高層的需求：尊重。

動機也有層次：從外在動機到內在動機

故事是「動機」加「行動」的輪迴，動機是鼓動故事不斷前進的主要力量。例如觀看《阿甘正傳》，看不懂的人，只會對無厘頭的情節莞爾一笑，以為阿甘忽然跑出宅邸，並且欲罷不能橫越美國，一跑三年。當人們問他為何而跑，他只回答沒有原因，其實不然。阿甘生存的最大動機，是「歸屬感和愛」。

「生理」與「安全」需求對阿甘而言，根本不放在眼裡，他可以不要命的一再衝回叢林裡救人，也可以致富後將財產都送人，如他說的：「一個人真正需要的財富就那麼一點點，其餘的，都是用來炫耀。」他智商不高，但他很清楚說出：「我不是一個聰明的人，可是我知道什麼是愛。」

失聯多時的珍妮主動來找阿甘，吐露愛意，溫存一夜後，竟在隔日清晨不告而別。茫然不解的阿甘，才會因為珍妮跑起來——因為最初是珍妮叫他快跑，躲避霸凌，所以跑步成了他人生遇到困難時的最好解藥。當阿甘失魂落魄時，他思念珍妮的方式，就是跑步。《阿甘正傳》推動情節的內在動機，是「愛」。

又例如《金法尤物》上演至今二十年，仍然成為許多影迷的心中經典，是因為女主角一開始是個樣板的「金髮美女」，為了「搶回男朋友」的「外在動機」而去念哈佛。但最後卻從「捍衛女權」，得到「自我實現」的「內在動機」，因而找到讀書的樂趣，最後甩掉智識不如他的前男友，以榮譽生畢業。

事實上，不管是娛樂片或是藝術片，幾乎都可以在主題層次的深化中，讓主角找到更深層的「內在動機」，因而成就偉大的故事。以後觀影時，讀者不訪思考主角行為動機的轉變；甚至在撰寫小說或劇本時，除了寫表層的故事，也別忘了往人性的需求，一層一層的挖下去。

效益主義故事法

你的道德，不是我的道德；
你的正義，不是我的正義……

例《銀翼殺手》、《復仇者聯盟：無限之戰》

效益主義（Utilitarianism）哲學家認為最正確的行為，是將幸福達到最大化。效益主義創始人邊沁（Jeremy Bentham）甚至提出計算幸福效益的七個指標：「強度」、「持續時間」、「確定或者不確定」、「鄰近或者遙遠」、「產度」、「純度」與「廣度」。

後世哲學家為了挑戰效益主義，提出各種思辯難題討論。例如英國哲學家福特（Philippa Ruth Foot），在一九六七年提出的電車難題（trolley problem）：

一輛失控的列車在鐵軌上行駛，有五個人被綁起來，無法動彈，列車將要輾壓過他們，另一條軌道上也有一個人被綁著。你有兩種選擇，第一是什麼也不做，讓列車按照正常路線輾壓過這五個人。另一是拉下操縱杆，使列車壓過另一條軌道上的那個人。

調查的數據顯示，大約90%的受試者，會以效益主義的角度思考，選擇殺死一人來保全另外五人。

然而如果為五人犧牲的那個人，是自己的孩子或配偶，則受訪者幾乎都不願意犧牲親人的生命。

效益主義的視角改寫，是最棒的故事原型

哈佛大學教授邁可・桑德爾（Michael Sandel）在《正義：一場思辨之旅》（*Justice: What's the Right Thing to Do*）書中，也提出這個問題討論，主要是要讓大家了解，所謂的道德與正義，似乎並沒有一個標準答案，有待我們更深層去思辨。例如倫理哲學家改良電車難題，發展出「胖子難題」：

你站在天橋上，一個很胖的路人，正站在你身邊，你發現將他推下，正好可以讓電車出軌，不致撞上那五個工人。你是否會動手，為五人犧牲一人？

調查數據顯示，受試者在正義與道德之間，產生了巨大衝突。原本贊成拉動操縱杆挽救五條生命的人，大部分都不贊成推胖子去挽救工人。但如果再改變命題，那個胖子是個十惡不赦的壞胖子，則很多人會改變做法，選擇將胖壞蛋推下。

倫理哲學家繼續發展出更燒腦的「移植難題」，更挑戰閱聽者的「道德底線」與「正義關卡」：

一位外科移植醫師有五名患者，每個患者都需要不同的器官，而每個人都將在沒有該器官的情況下死亡。不幸的是，沒有可用的器官。湊巧一個健康的年輕旅者路過醫生工作的城市，進行了例行檢查。在做檢查的過程中，醫生發現他的五個器官與他五名垂死的病人都兼容。請問，如果你是這個醫師，你會殺死該遊客來救另五人嗎？

不知讀者是否已發現，這個難題已經可以發展成為很棒的懸疑小說劇本。例如劇本的醫師如果是位善良的效益主義者，則讀者可能會贊成這位醫師動手；如果主角是那位受害遊客的父親，那可能會變成史上最強老爸連恩尼遜的復仇劇本；如果主角是那位即將被害的遊客，那可能會變成雷利史考特（Ridley Scott）導演的《銀翼殺手》（*Blade Runner*）。

殺複製人救人類的《銀翼殺手》

改編自美國科幻小說家菲利普狄克（Philip K. Dick）一九六八年作品《仿生人會夢見電子羊嗎？》（*Do Androids Dream of Electric Sheep?*）的電影《銀翼殺手》，做了一個類似電車難題的設定：

二〇一九年，經歷過世界大戰的地球，空氣中充滿輻射塵，有財力的人都移居到別的星球，剩下條件不佳的人類留在地球上。因為環境破壞，生物幾近滅絕，動物成為稀有奢侈品，市面上出現了能夠以假亂真的電子動物，甚至還有仿生人（android——沒錯，Google手機作業系統來自此字，但android一詞最早出現於一八八六年法國作家利爾亞當（Auguste Villiers de l'Isle-Adam）的科幻小說《未來夏娃》（*L'Ève future*）中。書中的仿生人取名為Android）。

為了防止仿生人攻擊人類，只有移居火星的人才能擁有仿生人，而且被設定壽命只有四年。然而有六個意識到「生命」即將終結的仿生人，由羅伊領導，逃到地球尋找製造他們的「生父」泰瑞博士，請求延長生命。然而在泰瑞博士拒絕後，羅伊殺了他。

退休警察瑞克身為一名「銀翼殺手」，工作是追捕仿生人，並強制他們「退役」（殺害的同義詞）。他「退役」了羅伊所有的同伴，在最後追捕羅伊的過程中，命懸一線。吊掛在屋頂，在手指鬆脫的瞬間，羅伊伸手救了他，但此時羅伊四年的壽命設定也同時到期。在生命即將消逝前夕，羅伊頹坐雨夜屋頂，開始了影史上最偉大的一段獨白：

「我見過……你們人類不會相信的美景。我目睹在獵戶座邊緣著火的攻擊艦。我看見C光束在湯豪瑟星門附近的黑暗中閃亮著。所有這些奇幻時刻都會於時間中消失，一如雨中的淚滴。是告別的時刻了。」

在電影拍攝現場，羅伊唸完該段對話時，工作人員集體鼓掌，甚至有人當場落淚，因為他們的視角變了，他們和觀眾從人類本位的觀點，轉移到仿生人身上，並開始思考，到

底以殺戮為樂的人類有人性，還是懂得欣賞自然，幫助敵人的仿生人更有人性？

存在主義哲學家海德格（Martin Heidegger）有一著名的學說：人是「朝向死亡的存有」（Being-towards-death），意謂當人意識到自己終將一死時，就會深刻反思自己生命的意義。海德格指出，世界上只有人能體悟「存有」（being）並對之探問，這個關注存有問題的生之狀態，海德格稱之為「此在」。

「銀翼殺手」最後一幕，羅伊意識到死亡與存有，並對「此在」做詩意的喟嘆，完全顯示他比人類更像人類。但遺憾的是，不管是歷史，還是不斷推陳出新的電影劇本，都必須用效益主義的「電車難題」，逼迫人類用死亡來思考人性、道德與正義。

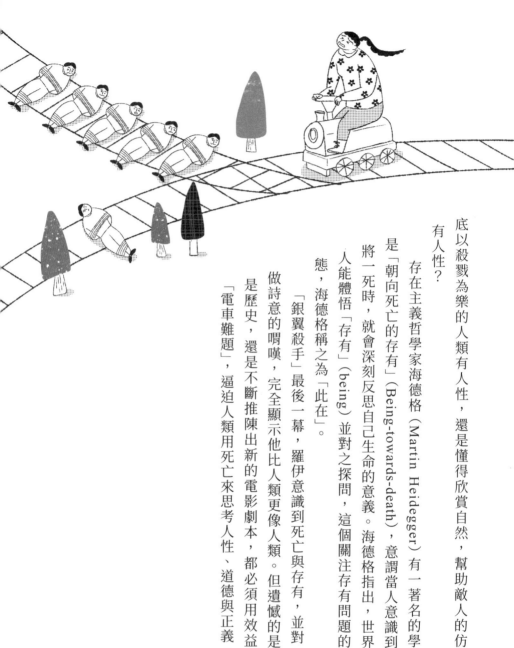

善惡衝突法

給我最壞的好人，和最好的壞人……

例《紅字》、《馬克白》、《周處除三害》、《東方快車謀殺案》、《地獄怪客》、《刺鳥》

十九世紀美國小說家霍桑（Nathaniel Hawthorne），其代表作品《紅字》（*The Scarlet Letter*）背景架設在一六四二年的波士頓殖民區，講述外表亮麗的女主角海絲特，嫁給了外表猥瑣的醫生齊靈渥斯，他們之間卻沒有愛情。後來醫生丈夫失蹤兩年，海絲特在這段時間，與年輕俊美的牧師丁梅斯相戀，並生下女兒珠兒，也因此被發現出軌的事實。

海絲特被當眾懲罰，戴上標誌「通姦」（Adultery）的紅色A字示眾，卻堅持不洩漏孩子的父親名姓。然而丁梅斯牧師在海絲特受審後，受到良心的譴責，健康每況愈下。

齊靈渥斯醫生發現牧師身體的惡化，懷疑他就是與太太通姦的對象，並以醫生的身分監視他，祕密展開復仇計畫。一日傍晚，齊靈渥斯趁牧師休息時，拉開牧師袍，看見了牧師的胸前，也有一個羞恥的猩紅字A。

內疚痛苦的牧師，最後選擇爬上絞刑台，承認自己所犯的罪，最後死於愛人海絲特的懷中。然而齊靈渥斯發現給他生活動力的「復仇」對象消失之後，失去了生命目標，不久也離開人間。

雖然失去所愛，海絲特繼續勇敢配戴紅字。在她死後，她與牧師葬在一起，共用一個簡單的黑色墓碑，上面只深深刻著一個字母「A」。

《紅字》勇敢挑戰禮法，逼讀者去思考：「對情慾誠實，對情人忠貞的海絲特」、「一心想保護愛人，卻永被良心譴責的牧師」、「將愛意化為復仇怒火的醫生」，以及「以宗教之名，譴責真愛的教徒」，四者之間，孰為善？孰行惡？誰較高貴？誰又是罪惡的化身？

在善惡衝突中掙扎，讓《紅字》中的角色，成為文學經典中成功的「圓形人物」。

「圓形人物」的善惡衝突，是情節展開的依據

英國小說家佛斯特（Edward Morgan Forster）在所著的《小說面面觀》（*Aspects of the Novel*）中強調：「小說情節非單純編造故事，是人物性格的矛盾衝突，決定情節的發展。」

據此，佛斯特提出「扁平人物」與「圓形人物」的概念。他將「扁平人物」定義為：「會依循一個單純的理念或性質而被創造出來，性格固定，不為環境所變動。」例如《西遊記》中的唐三藏，是個性簡單，形象被「卡通固化」的人物。

「圓形人物」因為必須面對內心的衝突，會在某一段時間內做悲劇性的表現。「一個圓形人物能在令人信服的方式下，給人新氣質，在字裡行間流露出活潑的生命。」總而言

之，「圓形人物」絕不枯燥刻板，他們性格的衝突與轉變，是情節展開的內在依據。例如《西遊記》中的孫悟空，有聰明、調皮、活潑、忠誠、嫉惡如仇等人類性格特徵。他的一顆心，永遠在人性與獸性、承諾與叛逃、善與惡的衝突間，做出選擇。而在小說與真實的人生中，人的善與惡，不在於他被貼上的標籤，而在於他做出的選擇。

做出壞選擇的好人：《馬克白》

莎士比亞四大悲劇的主角，之所以活成悲劇，皆與他們性格的矛盾衝突息息相關。例如哈姆雷特的猶豫、馬克白的野心、李爾王的自大、奧賽羅的多疑。

以《馬克白》為例，劇作開篇即出現最經典的一句台詞，女巫三姊妹齊呼：「美即是醜，醜即是美。」這是劇中三女巫對人性善惡模糊的洞悉，如同馬克白在劇中，一直在善惡之線掙扎遊走。

馬克白是蘇格蘭的貴族將軍，本是忠貞愛國的英雄，但是三女巫的預言，喚起他對權力的慾望，儘管他內心還有懷疑。然而在馬克白夫人的一再慫恿下，馬克白終於拿起野心之劍，大逆弒君，登上王位。但如同後人評論馬克白是「有野心，但缺少與之相隨的奸惡」，未泯的良知使他在殺人後自責愧疚。之後隨著鞏固王權的需要，他不斷地殺戮，也不斷自我衝突，終於精神崩潰，兵敗身殞。

莎翁悲劇的偉大，在於為世人呈現出如同馬克白，活在善惡衝突中的「最壞的好人」

和「最好的壞人」。就像最好的投手，會去挑戰九宮格好球帶邊緣，投出最接近好球帶的壞球，以及最接近壞球帶的好球，藉此去迷惑打者。

做出好選擇的壞人：《周處除三害》

二〇二三年由華納兄弟發行的電影《周處除三害》，用「顛覆道德底線」當宣傳主標，因為劇中的核心人物，都是踩在道德灰色地帶的圓形人物。

例如刑警隊長取名「陳灰」，因為他在追捕殺手的過程中，對極惡殺手產生同理心，對於原本黑白分明的正義解讀，進入不再清晰的「灰」色地帶。

另一位專救黑道的地下醫生，雖有醫者之心，但她一直踩在法律邊緣，在警方之前不斷撒謊。因為她認為犯人也是人，應該給他們改過遷善的機會，所以她將自己肺癌末期的X光片交給殺手，騙殺手餘日無多，應金盆洗手，早日投案。

本片主角是名列全國排名第三的通緝要犯，是個殺人不眨眼的殺手，但他只殺黑道仇家。他誤會自己得了絕症，為了「人死留名」——「我不是怕死啊，我是怕死了都沒人記得」——決定善用餘命，為世界清除排名前二的要犯，讓世界永遠記住他的名字。

消滅第二要犯時，殺手「順便」救了被充當禁臠的受害女子。

之後追捕第一通緝要犯，發現他竟然窩藏在澎湖，假扮勸人行善、日日顯露神蹟的「尊者」。殺手發現「尊者」和他的信徒，透過邪教洗腦斂財，甚至取人性命。殺手決定

「替天行道」，一槍槍打死身著白衣、外表有如天使的「最壞好人」。

《周處除三害》最動人的結局，是殺手繼續「以惡治惡」。他主動向警方投案，讓法律制裁自己。此時，一切善惡的界線，都在槍聲中灰飛煙滅。

善惡難分，好壞不明，正義自證：《東方快車謀殺案》

英國推理小說作家阿嘉莎．克莉絲蒂（Dame Agatha Mary Clarissa Christie）的《東方快車謀殺案》，敘述一輛橫穿亞歐大陸的列車，遭遇大雪的圍困，動彈不得，緊接著眾人發現美國富商雷切特，慘死在自己的包廂中，屍體上有大小、深淺不一的十二處刀傷。堅持「有罪或無罪，沒有灰色地帶」的大偵探白羅，負責揭露命案的真相。

最後真相揭曉，十二位乘客一起參與了這次的殺人案，原來死者雷切特是一起綁架案逍遙法外的幕後凶手，而他們每一個人，都是這案件直接或間接的受害者。當受害者成了復仇者，一人一刀的快意恩仇，是彌補法律缺陷最簡單的方法。

白羅常說，真相只有自己和上帝了解，但此時，誰有資格扮演上帝，對「追回公平正義的受害者」做最後的審判？

改編電影的導演為了傳達這難解的思辨，在劇末讓「凶手們」以達文西《最後的晚餐》的構圖入座。並在白羅的揭凶橋段，以黑白影片回放十二人行凶的過程。白羅最後選擇走入灰色地帶，放走所有的殺人凶手：「這列車上沒有殺人犯，只有需要重生的人。」

善惡衝突的人性，是永不停駛的人間快車

改編自漫畫，於二〇〇四年首次搬上大銀幕的《地獄怪客》(*Hellboy*)，描述一名魔鬼嬰兒在一九四四年，被納粹召喚來到人間，長大以後搖身一變為地獄怪客。從英文片名得知，地獄怪客是撒旦之子，具備一切惡魔的外型：天生皮膚赤紅，長著長長的尾巴，頭長魔鬼尖角。但他斬斷雙角，每天早上再用磨砂輪磨掉增長的尖角（邪惡），顯示他一心在與邪惡的天性對抗，想要在百鬼夜行的凡間，成為斬妖除魔的「超級英雄」。

是啊！在這善惡難分的世界，曾被視為德意志救星的超級英雄希特勒，歷史證明是貨真價實的地獄怪客。而被視為地獄使者，雙雙被暗殺的以色列總理拉賓，以及巴解領袖阿拉法特，事後證明，他們才是想終止人間煉火的天使。

二〇二三年以巴衝突再起，善與惡、天使與魔鬼，已經在仇恨與媒體的報導中，混淆難分。但我們還有千千萬萬，說不完的善惡衝突故事，例如一九七七年澳洲作家馬嘉露(Colleen McCullough)，以《紅字》為原型創作的小說《刺鳥》(*The Thorn Birds*)，還有可當奶爸的神偷《神偷奶爸》、一心遷善的《壞蛋聯盟》、善惡不停翻轉的《善惡魔法學院》。

故事說完前，我們暫時不要輕易將善與惡標籤，貼上自己，或他人的身上。

結構暴力法

人性的惡，常源於結構的惡……

例《花月殺手》、《無聲》、《你的孩子不是你的孩子》、《紅樓夢》、《水滸傳》、《阮玲玉》

《花月殺手》裡，真正的殺手，是「結構性暴力」

二〇二三年由馬丁．史柯西斯（Martin Charles Scorsese）執導的美國史詩犯罪劇情片《花月殺手》（*Killers of the Flower Moon*），講述一九二〇年代奧克拉荷馬州，弱勢的印第安人奧塞奇族，無意間挖出石油，成了超級富有的民族，卻引起白人的覬覦。白人有系統地透過通婚、暗殺，以及官商勾結等方式，不斷掠奪這些財產，導致大量的奧塞奇族人離奇死亡。根據史實，在一九二一年至一九二五年間，就有六十多名富有的奧塞奇族人被殺害。

美國聯邦調查局ＦＢＩ就是為了調查本案而誕生，然而當緝捕真凶歸案判刑後，這些罪犯竟然一個個提早假釋。原來這些殺人凶手背後，是一家家石油公司、邪教似的兄弟會、保護罪犯的律師團。是這樣的「結構性暴力」，讓人性的惡可以在體制的惡中滋長。

結構的惡，與人性的惡，互為因果

結構性暴力（structural violence），或譯為體制暴力，是一種不易被覺察、不明顯，卻廣泛存在的暴力形式。這種暴力形式，經由政經、文化、家庭系統的日常運作，施加於無權勢者身上。

例如二〇一一年，台灣台南的一所特殊學校，爆發集體性侵事件。在短短八年內，發生一百六十四件性侵害與性騷擾事件，被害者近百人。調查人員訪談畢業二十多年的校友，得到的答案竟是：「那像個傳統，我們那個時候，就這樣了……」這事件中，許多加害者和受害者把不公不義當成「傳統」，他們害怕第一個搖鈴鐺的人會被孤立，最後只能無感的盲從，甚至受害者知惡習惡，成為日後的加害人。

結構的惡，與人性的惡，原來互為因果。

二〇二〇年，這個天地不容的「沉默螺旋」，被拍成電影《無聲》。在遭遇結構性暴力中，受害者真的只能「無言以對」。

升學主義，是台灣存在已久的「結構性暴力」

二〇一八年的台灣電視劇《你的孩子不是你的孩子》，內容描述家長、教師對孩子錯誤的教育方式，導致孩子生活的苦不堪言。

例如第二集《貓的孩子》，描述一位高中生阿衍，只要沒有拿到滿級分，不但會失去爸爸的疼愛，媽媽還會遭受到虐待，因此他身上被加諸各種壓力，漸漸產生心理疾病，最後透過「殺貓」來發洩壓力。誇張的是，在阿衍殺貓之後，媽媽雖然痛心，卻說出「只要你考滿級分就好」這種話。

整齣戲表面上是父親對母親施暴、母親對兒子施暴、兒子對貓施暴的「結構性暴力」，但觀眾知道，真正的暴力來自「滿級分」的「今日科舉體制」。因為在台灣，「滿級分」是學生考上醫學系或台大熱門科系的保障。

結構暴力，是悶鍋之火

台灣教育當局一直設法在制度面改革，減輕學生的升學壓力，但事實證明，二十年教改，如波碎浪，潮打空城。

根據國民健康署統計（二〇二二年），小一生有17.9%的近視比率，小六則高達62%，高中生近視率已高達85%，全球最高。兒福聯盟二〇二三年對全台十二至十七歲的國高中生調查，發現12.2%的學生壓力程度達嚴重等級以上，高中生達16%，是國中生8.2%的兩倍。

是的，事實證明，教改後，台灣的孩子，越來越不健康，越來越不快樂。

明明制度已經鬆綁，人人可上大學，但大家還是搶拿「滿級分」。明明規定下午四點即可放學，但90%的國高中都把孩子留到五點放學。明明學科只剩下過去的三分之二時數，理論上學測應該越來越簡單，但二〇二〇年學測數學科滿級分高達一萬四千四百八十九人，被痛罵之後，連續兩年數學變成「史上最難」，來限制「滿級分」的人數。

因此，雖然我們都知道，小學是感官教育期，但他們的五感一直被禁錮在教室與安親班中。雖然我們都知道，國中是理性與手工教育期，但他們的手掌，觸摸的，常是為升高中衝刺的課本。雖然我們都知道，高中是感情教育期，但為了考大學，他們被迫成為對他者與自然無感的人。最後，對自己的快樂也慢慢無感。所以根據衛福部二〇二一年的統計，「自殺」已攀升為十五至二十四歲青少年死因第二位。

台灣的孩子，就像美國劇作家馬力文斯基（Moses Malevinsky），在一九二五年的《劇本寫作的技藝》（*The Science of Playwriting*）書中所形容的：「戲劇中的人物都裝在溫度逐漸上升的大悶鍋裡面，困在彼此的衝突之中，不得脫身。」

是的，台灣的教育，如同一個大悶鍋，結構之惡與人性「貪嗔癡」之惡，是悶鍋之火。烹煮的，是我們彼此的孩子。

結構性暴力，是經典故事的來處

經典小說《紅樓夢》中的賈府，充滿封建社會的結構性暴力。逾百口男女老少、尊卑貴賤，有機地關連在一起，在其不可克服的內在矛盾中，一起被封建禮教束縛，不得掙脫。例如賈寶玉、林黛玉、薛寶釵之間的戀愛和婚姻悲劇，迎春被折磨至死，惜春入庵為尼。只要掙脫不了結構，必然走向覆滅的悲劇命運。

獲得英國電影學院獎最佳外語片的張藝謀電影《大紅燈籠高高掛》，是揭豶結構性暴力的另一經典。本劇從一民國初期的迂腐宅院，讓觀眾看到整個時代加之於女性的恐怖。在這個男主人就是皇帝的結構中，一個女大學生從反抗，到漸漸接受這個體制，最後變成體制的一部分，在女人間爭寵、相鬥，最後和屋裡的女人一樣，都成了被悶鍋坑煮的活死人。

另一經典小說《水滸傳》，一開始描寫宋代政治社會腐敗的結構，最後有了「林沖夜奔」、「李逵劫刑場」等一百零八將「掀開鍋蓋」上梁山的故事，然而梁山好漢最後仍是「回到鍋中」，接受招安，歸順朝廷後，參加鎮壓田虎、方臘等戰爭，到最後逃不了結構的暴力——鳥盡弓藏，悲壯死亡。

新的結構性暴力，永遠書寫不完

電影《阮玲玉》來自真實故事。三〇年代的上海灘，中國影后阮玲玉，外表清麗，朗朗照人。從影生涯，短短九年出演二十九部電影，各種角色都能駕馭。然而她遇人不淑，生命中的三個男人都是渣男。

當她周旋在兩任情人的名譽糾紛時，一任男友甚至將她告上法院。當時報章惡意誹謗滿天飛舞，阮玲玉成了上海民眾口中不知廉恥的女人，連出門都得遮遮掩掩。阮玲玉最後回到家，煮了放滿三瓶安眠藥的粥，寫下遺言「人言可畏」，離開人間。

阮玲玉的「人言可畏」，在網路時代，更被發展到了極致，社群媒體正成為所有人擺脫不了的結構，甚至，我們更擅意用鍵盤加諸彼此暴力。

例如二〇二〇年日本《雙層公寓》中的木村花，在每天遭上百酸民辱罵後，二十二歲自殺身亡。南韓從二〇〇五年至二〇二三年，已有包含雪莉、李恩珠、崔真實等超過三十名藝人，因為受不了酸民暴力，以自殺結束生命。

描寫人物，離不開人性，而不同人性，將永遠互相纏繞為一個個結構，再慢慢長出新的結構性暴力。這股「沛然莫之能禦」的力量，值得創作者不斷地感受、抵抗，與書寫。

最終章：邏輯穿越法

二十一世紀是人人都有機會寫出好故事的黃金年代！

例《愛麗絲夢遊仙境》、《全面啟動》、《還魂》、《想見你》、《星際效應》

以邏輯穿越類型、美學與人性

英國數學家路易斯．卡羅（Lewis Carroll）所著的《愛麗絲夢遊仙境》、克里斯多福．諾蘭編導的《全面啟動》、韓劇《還魂》與台劇《想見你》，有異曲同工之處嗎？有的，它們都是「穿越劇」，只是穿越的邏輯不同。

愛麗絲的穿越是跳進兔子洞，《全面啟動》的穿越是進入夢境，《還魂》的穿越是「還魂術」，而《想見你》的時空穿越之門，竟是伍佰的歌曲〈Last Dance〉。其實不管是何種類型的穿越，都必須在穿越中安排說服受眾的邏輯，以及穿越背後的人性。只有邏輯對了，故事才會成立；只有打中人性，才能成為走心鉅作。

例如電影《似曾相識》與《全面啟動》的設計，都是在夢中與心愛女子相遇，《似曾相識》中男主角在美夢中，意外從口袋裡掏出一枚一九七九年的硬幣，瞬間把他帶回現代，最後決定「睡死」，進入彌留狀態，在死後看見年輕的愛人向他招手，再次上前去緊握她的手。《全面啟動》的設計剛好相反，男主角必須突然醒悟，拒絕夢中深愛妻子的慰留，才能離開三層夢境，回到現實，完成任務。然而《全面啟動》結尾停留在男主角進了家中，在尚未驗證自己身處夢境或現實時，與自己的兒女幸福相擁。

《全面啟動》之所以可以成為一代名片，除了諾蘭式的時間調度炫技外，最後回歸人性的重拳，才是讓諾蘭在電影擂台上封神的主因。如同諾蘭另一部催淚的科幻鉅作《星際效應》，講述太空人藉由穿越蟲洞，為人類尋找新家園的冒險故事。其中最動人的段落，是主角在太空接收兒女從地球傳來的訊息那一幕。因為重力場的關係，主角在一顆星球雖只待了短短幾小時，卻相當於地球的幾十年，兒女幾十年的歲月於幾分鐘之內在他眼前閃過，他在幾秒鐘內成為爺爺又失去孫子，最後在螢幕上看見心愛的女兒已經長成跟他出發前一樣的歲數。運用時空穿越的邏輯，諾蘭懂得說故事，增加角色的人性深度，成就一部部雋永大片，但是漫威宇宙卻因為不諳此道，陷入危機。

故事為王，但邏輯是故事之本

邏輯是故事之本，劇本只要失去故事邏輯，投資再大，都是一場鬧劇。因此，二十一世紀的故事之王漫威，發覺若要將手上的ＩＰ（故事資產）融為一爐，發揮出最大的商業效應，一定要賦予它們時間與情感的邏輯。於是旗下編劇開始繪製ＩＰ大事件的時間線，以營造「漫威電影宇宙」(MCU)。

「漫威電影宇宙」的「第一階段」，始於二〇〇八年上映的《鋼鐵人》，終於二〇一二年的《復仇者聯盟》。但當編劇黔驢技窮，無法賦與劇本好的故事邏輯時，第四階段的《奇異博士2：失控多重宇宙》、《雷神索爾：愛與雷霆》與《黑豹2：瓦干達萬歲》，風評連崩三部。二〇二三年進入「第五階段」，推出的《蟻人與黃蜂女：量子狂熱》，只是一堆不扎實的科技邏輯，以及缺乏深度的搞笑台詞，終於在影評網站成為MCU中評價最低的電影，識貨的觀眾，也讓此片第二週北美票房下跌82%。

但漫威人才濟濟，仍有好的編劇找到適當的故事邏輯，可以力挽狂瀾。例如漫威最新影集《洛基》第二季上線後好評不斷，爛番茄擁有94%高分。

有鑒於好的IP取得不易，二〇二一年，Netflix宣布將收購The Roald Dahl Story Co.，成為知名童書作者羅德．達爾(Roald Dahl)所有作品版權和影視改編的永久擁有者。像《查理與巧克力工廠》、《飛天巨桃歷險記》、《瑪蒂達》、《女巫》、《吹夢巨人》等，都是羅德．達爾的經典作品。擁有這位好萊塢的創意金礦，Netflix計畫開始打造「羅德．達爾宇宙」，股價也因此一飛沖天。

職人書寫，最扎實的故事邏輯與人性關照

羅德．達爾是誰？他是挪威裔英國傑出兒童文學作家、劇作家、短篇小說作家。而他

的許多故事，均來自他童年與職場上的經驗。在他學生時代，一家巧克力製造廠會寄巧克力到他的學校，讓學生測試味道，達爾常常想自己發明一些新的巧克力，這也觸發了他寫出「威利旺卡與巧克力工廠」的靈感。

羅德．達爾可說是職人書寫的先驅，他早年曾任英國皇家空軍飛行員和駐外情報員，他將這些經歷改寫成劇本，成為兩部007電影的原型。

在中心二元性後現代，邊陲職人的副中心，隨時都能成為文化的中心，因為所有的職場，對他者而言，都是陌生化（美感）的來源。例如「接體員」大師兄，從零下十度C的大體冰庫，轉行到燒烤業，寫出火葬場的日常，道出火苗燒出的真實人性，成為年度暢銷作家。

例如擔任建築監工十餘年的林立青，寫出《做工的人》，刻畫建築工人僵硬變形的關節，與從沒痊癒過，水泥咬手的潰爛。因為深度刻畫職場中，一群大眾陌生的無名英雄，如何謙卑努力的維持尊嚴活著，讓這本書榮獲金石堂「十大影響力好書」，甚至被改編成為成功的電視與電影。

又例如《偽魚販指南》林楷倫與《洗車人家》姜泰宇，不僅寫出文學況味的好故事，也持續占據書市暢銷排行榜。

期待下一位故事之王

筆者書寫的故事，有一半都來自教學現場。深覺只要細心蒐羅職場的日常，就有寫不完的故事材料。自己也深信，在自媒體當道的當代，只要好好學習基本寫作邏輯，人人都有機會寫出好故事，甚至因此出書成為業餘作家。

期待此書的完成，可以鼓勵有志寫出好故事的朋友，為台灣的文創產業，創發出更多有生產性的IP。二十一世紀，會有二十一世紀的金庸、J. K. 羅琳與克里斯多福．諾蘭。故事永遠為王，你怎麼知道，下一位王者，不會是你？

LEARN 074

尋找故事開始的地方：故事點石成金30法，人人都能創造自己的成名作

作　　者—蔡淇華
主　　編—何秉修
企　　劃—林欣梅
校　　對—Vincent Tsai
封面設計—倪旻鋒
內頁插畫—黃祈嘉

總 編 輯—胡金倫
董 事 長—趙政岷
出 版 者—時報文化出版企業股份有限公司
一〇八〇一九台北市和平西路三段二四〇號七樓
發行專線—（〇二）二三〇六六八四二
讀者服務專線—〇八〇〇二三一七〇五
（〇二）二三〇四七一〇三
讀者服務傳真—（〇二）二三〇四六八五八
郵撥—一九三四四七二四時報文化出版公司
信箱—一〇八九九臺北華江橋郵局第九九信箱

時報悅讀網—http://www.readingtimes.com.tw
時報文化臉書—https://www.facebook.com/readingtimes.fans
法律顧問—理律法律事務所　陳長文律師、李念祖律師
印　　刷—勁達印刷有限公司
初版一刷—二〇二四年二月二日
初版二刷—二〇二四年四月十日
定　　價—新台幣三六〇元

時報文化出版公司成立於一九七五年，
並於一九九九年股票上櫃公開發行，二〇〇八年脫離中時集團非屬旺中，
以「尊重智慧與創意的文化事業」為信念。

尋找故事開始的地方：故事點石成金30法，人人都能創造自己的成名作／蔡淇華著. -- 初版. -- 臺北市：時報文化出版企業股份有限公司, 2024.02
面；　公分. -- (Learn ; 74)
ISBN 978-626-374-894-1(平裝)
1.CST: 寫作法

811.1　　113000526

ISBN 978-626-374-894-1
Printed in Taiwan